「今のは、いわゆる本気を証明する誓いのキスって奴。君にぞっこんで、これからも、
嫌われない程度に口説きますよっていう宣言のキスでもある」
「そ、そ、そ、そんな……」
JN266814
Illustration／SAKAE KUSAMA

プラチナ文庫

Platinum Label

きみのハートに刻印を

椹野道流

"Kimi no Heart ni Kokuin wo"

presented by Michiru Fushino

プランタン出版

イラスト／草間さかえ

目次

※本作品の内容はすべてフィクションです。

一章　オープンな彼

その朝、福島草太《ふくしまそうた》は、寝ぼけ眼《まなこ》で洗面所の鏡の前に立ち、いつものように電動歯ブラシを口に突っ込んでいた。

景気よく動く電動歯ブラシは、他人に言うときまって失笑されるのだが、三年前、カリノ製薬に入社したとき、初月給で買ったものだ。

初めて自分で稼いだ現金を握り締めて実家に戻り、両親を家電量販店に連れていって、彼らの念願だった大きな液晶テレビをプレゼントした……まではよかったが、そこで資金が尽き、自分自身の記念としては、獲得ポイントをプラスしてもそれしか買えなかったのだ。

以来、毎日朝晩、彼はこれで歯を磨き続けている。人に笑われようと、彼にとっては大事な記念の品なのだ。

だが、今日に限って、歯ブラシを下の前歯にあてがったとき、彼は顎《あご》に奇妙な違和感を覚えた。

「……ん？」

歯磨きを続けながら鏡を覗《のぞ》き込み、草太は顔をしかめた。

「何だよ、これ」

目の前の鏡に顔を近づけて覗き込むと、細いオトガイにぽつんと赤く、かなり大きな皮《ひ》疹《しん》が出来ていた。どうやらそこが歯ブラシに刺激され、軽い痛みをもたらしていたらしい。

色白なだけに、たった一つのそれがやたら目立つのが腹立たしい。

「ニキビ？　この歳になって？　うわ、格好悪い……」

泡だらけの口で、彼はモゴモゴと悪態をついた。

高校時代、クラスメートがそろって年頃のニキビに悩んでいた頃、草太はほとんどその手のスキントラブルに縁がなかった。それだけに、二十七にもなって今頃ニキビが出来ても、対処法がわからない。

「確かみんな、こういうのは潰すって言ってたよな……あいたッ」

そろそろと指先で発疹のてっぺんを押してみると、小さいくせに予想以上に痛い。

潰す、というのが具体的にどういうふうにすることなのかは謎だが、触る以上のことなど、とてもできそうにない。何より、そんな荒っぽいことをして、瘢痕《はんこん》になったら嫌だ。

「うう。けっこう熱持ってるな。やっぱり、薬とか買ってつけたほうがいいのかな」

そういえばテレビで、ニキビにはこれだとやけに華々しくコマーシャルしている薬剤があった。昼休みにでもドラッグストアへ行き、入手すべきかもしれない。

（それとも自社製品で、ニキビ用の薬ってあったかな？）

草太はゆっくりと電動歯ブラシを動かしながら、思いを巡らせた。

草太の勤務先は、カリノ製薬。歴史はそれなりに長いが、規模をいたずらに拡大することなく、国内で地に足の付いた経営を続ける中規模の製薬会社である。

大学では工学を専攻していた草太は、合同就職説明会に出席した際、偶然、暇を持て余していたカリノ製薬の担当者に呼び止められ、話を聞いた。

それまで、工学部の人間が製薬会社に就職するなどという可能性はゼロだと思っていたのだが、工学的な知識が役立つ部門もあると聞かされ、俄然《がぜん》興味が湧《わ》いた。

てっきり、どこかの会社でエンジニアとして働く道しかないと思っていたのが、まったく畑違いの製薬業で、思わぬ道が拓《ひら》けたのだ。

思いきって入社試験を受け、合格した草太は、晴れてカリノ製薬に入社し、研修を受けた後、サプリメント研究開発部の一員となった。

草太が配属されたのは、「打錠室」である。

部外者には耳慣れないその部署名は、錠剤を打つ、という基本的な業務内容をそのまま表している。

それまでの人生、薬などカプセルか粉薬か錠剤……程度の認識しか持っていなかった草太だが、いざ打錠室に入ってみると、薬剤の形状には、驚くほどの種類があった。

そんな多種多様な選択肢の中から、薬剤の性質がいちばん安定し、体内でもっとも効果的に機能する形状を検討し、試作を繰り返した上で決定を下すのが打錠室の役目である。

あまり世間には知られていない地味な仕事だが、薬剤の開発においては、まさに不可欠の存在といえる。

カリノ製薬の中でも、打錠は特に職人肌の社員が揃《そろ》うセクションで、入社三年の草太など、まだまだ駆け出しである。上司という名の師匠たちに扱《しご》かれ、知識と技術を必死でため込む日々が、延々続いてきた。

だが今日は、そんな単調な生活からようやく一歩抜け出す、大事な日なのだ。

そんな一日の始まりが、顎に出来た大きなニキビとは……。

「うう、とにかく早急に何とかしよう。会議が始まる前に！」

苛立《いらだ》ちと共に決意をこめてそう呟《つぶや》き、草太は必要以上に勢いよくうがいをした……。

カリノ製薬のモットーは、「隅々まで目を配り、堅実、誠実に」である。社内の各部門がいくつかに分けられ、さほど離れていないとはいえ別々に社屋を構えているので、一つ一つの社屋は社訓を体現するかのように小規模である。

サプリメント研究開発部の社屋は、いかにも昭和《しょうわ》を感じさせる古びた建物なのだが、一昨年、ようやく大規模な改装が行われ、最新機器が導入されて、内部はそれなりに体裁が整った。

だが、外観は相変わらずのボロで、内外のちぐはぐさが秘密基地めいてちょっと面白いなと、出勤するたびに草太は思う。

「おはようございまーす」

草太が三階にある打錠室のオフィス、そのいちばん奥まった自席に荷物を置くなり、背後から声がかかった。

「あら、おはよう福島君、どうしたの？　何だか顔も声も暗いわよ」

振り向くと、マグカップ片手の島本《しまもと》実咲《みさき》が立っていた。

メイン業務である医薬研究本部と違い、サプリメント研究開発部は、比較的こぢんまりとした規模である。打錠室のメンバーもそう多くはなく、現在はたったの六名だ。

特殊技能であるだけに、本人が希望しない限り異動はない。従って、新人が迎えられるのは、原則的に誰かが定年退職したときだけ、ということになる。

実咲は、草太にとってはいちばん歳の近い同僚である。草太が部署の末っ子で、今年三十三歳になる実咲が、次に若い。ちなみに彼女の次に若いのは、四十歳の田尻《たじり》という男性だ。

「おはようございます。……大袈裟《おおげさ》かもなんですけど、これのせいで、何か気分が落ちてて」

草太はそう言って、自分の顎を指さした。

「ん～？」

白衣姿の実咲は、軽く腰を屈《かが》めるようにして草太の顔を覗き込んだ。

そう、実咲は女性にしては長身の百七十二センチ、それに対して、草太は男性にしてはかなり小柄で、百六十センチきっかりしかない。軽く見下ろされるのも、致し方のないことであった。

ボーイッシュなショートヘアの実咲は、どこかマルチーズを思わせるクシャッとした笑顔を見せて言った。

「ありゃりゃ、ニキビ」

「二十歳過ぎたら、こういうのは吹き出物って言うんでしょう？」

渋い顔で律儀に訂正する福島に、実咲はますます笑みを深くする。

「どっちだっていいじゃない。『大人ニキビ』とも言うもん」

「……そんな言葉、ホントにあるんですか？」

「あるある。それ、触っちゃダメよ。痕《あと》が残っちゃうから。薬を買ってきてつけなさい」

始業前のティータイム中らしき実咲は、そう言いながら草太の隣の席につき、机上のノートパソコンを立ち上げた。草太もロッカーから白衣を出し、自分のマグカップにサーバーから薄いコーヒーを注いで席に戻る。

「やっぱり、うちでは作ってませんでしたっけ、ニキビの薬」

「残念ながら、作ってないわねえ。うち、コスメ方面がまだまだ弱いでしょ。最近はずいぶん頑張ってるみたいだけど、まだ他社に追いつくところまでは行ってないわね」

気性も口調もサバサバしている実咲は、あっさり答えてマウスを操作した。チェックしているのは、今日の作業予定表である。

打錠室は、業務の内容上、他の部署、特に研究部門の作業の進捗に合わせて仕事を進める必要がある。予定は未定、という言葉のとおり、スケジュールがしょっちゅう変更になるので、朝一番のチェックが必須なのであった。

「ふむ。特に予定変更なし……か。あら、福島君、今日はいよいよソロ活動デビューなんだ？」

「そうなんですよ。午後からですけど」

ブラックのままコーヒーを吹き冷まして啜《すす》り、草太は溜《た》め息をつく。いかにも面白くなさそうなその横顔を見て、実咲はクスッと笑った。

「せっかくのデビュー戦だってのに、顎にニキビじゃ、可愛《かわい》い顔が台無しね」

「あっ、嫌なこと言った！」

草太は形のいい眉《まゆ》を逆立て、あからさまにムッとした顔をした。

本人も大いに気にしているところなのだが、草太は背が低いだけでなく、かなりの童顔である。

軽い癖のある柔らかな髪と、女子なら誰もが羨みそうな小顔、やけにぱっちりした大きな目に対して、こぢんまりした鼻と口……。

小学生時代はずっと女の子に間違われてきたし、正直、今もなお、愛用のセルフレームの眼鏡がなければ、絵に描いたような「お人形さん顔」である。それも、バービーなどではなく、いわゆるアンティークドールを思わせる上品な顔立ちだ。

おまけに、成長期に男性ホルモンの分泌がいささか控えめだったのか、期待したほど身長が伸びなかったばかりか、体格も華奢《きゃしゃ》、ヒゲもほとんど生えないまま大人になってしまった。未だに、シェーバーを使うのは週に一度で十分だし、手足の毛も薄い。

さすがに女性と間違われることこそなくなったが、「男らしい」という言葉とは無縁な自分のルックスが、草太のいちばんのコンプレックスなのである。

「ゴメンゴメン、でかい女としちゃ、羨ましくてつい言っちゃうのよ」

両手を合わせ、悪びれず謝る実咲に、草太もまだ膨れっ面ながら、苦笑いする。

「でかい女って、島本さんくらいの身長の女の人、最近は珍しくないでしょ」

「まあね。最近の若い子は成長がよくって、お姉さん助かるわ〜。学生時代は、服はともかく、足が大きすぎて履《は》ける靴がなかったの」

実咲はコーヒーを飲みながら、足を組んで浮いたつま先を動かしてみせる。

「足？」

不思議そうに自分の足を見る草太に、実咲はちょっと照れたように笑った。

「二十六・五センチもあるのよ」

「えっ、嘘！　僕、二十五センチですよ。逆に、男物で履ける靴が少ないっていうか……」

「お互い、上手くいかないもんよね」

実咲がそう言ったところで、オフィスに初老の男性が入って来た。草太や実咲と同じように白衣を着込んでいるが、一つだけ違うのは、青っぽい灰色のキャップ型の作業用帽子を被《かぶ》っていることだ。

「おう」

男性は、二人を見るとニコリともせずに小さく頷《うなず》いた。別に機嫌が悪いわけではなく、それが彼のいつもの挨拶なのだ。

男の名前は、平野《ひらの》良郎《よしろう》。来年には定年を迎える、打錠室の室長である。

「おはようございます！」

ほぼ同時にそう言い、草太も実咲も立ち上がった。くせ者揃いの職人たちをまとめる平野は、昔気質の寡黙《かもく》な職人だ。

今では、実際の薬剤の生産は工場でほぼオートメーション化されているが、平野たちごく一握りの社員は、未だに昔ながらの丸薬を手作りすることができ、年に一度の工場開放日には、デモンストレーションでその腕前を披露したりしている。

そんな平野は、技術は教わるものではなく、盗んで覚え、経験を積み重ねて身につけていくものだ……という主義だ。草太や実咲は、部下というより弟子に近い存在で、それゆえに、師匠の前で呑気《のんき》にお茶など飲んでいるわけにはいかないのだった。

「三号機の調子が、あんましよくねえんだ」

平野はボソリと言い、小さく顎をしゃくった。草太はすぐに胸ポケットにペンライトを突っ込み、頷く。

「わかりました。すぐ行きます」

「頼むわ。ついでに調整しちまおう。『スタリリーフ』の試作、今日から始まるからな」

「はい！」

草太はもはや顎のニキビのことなど忘れ、平野と共にオフィスを出て行った。行き先は、廊下の先にある作業室だ。そこには、錠剤試作のための何種類もの機械が並んでいる。いわば、打錠室員たちの作業場である。

小走りに出ていった草太の小さな背中を見送り、実咲は再び椅子に腰を下ろした。

「いいなあ、福島君は」

実咲の口から、しみじみとそんな台詞がこぼれる。

打錠室に来てもうすぐ十年、実力をつけている実咲だが、その道のりは決して平坦ではなかった。

打錠室初の女性社員だっただけに、配属された当初、実咲は上司達からあからさまに困惑され、持て余されて、まずは組織の一員とみなしてもらうだけで一年近くかかってしまった。

ボーイッシュなのが幸いして、徐々に上司たちに心を開いてもらえたとはいえ、今度は「女はきっちりした仕事には向いていない」という謎の偏見《へんけん》に直面し、それを払拭《ふっしょく》するために、人一倍の努力を強いられた。

どうにか、まともに職人としてスタートラインにつけたと思ったのは、つい最近のことである。

一方で、自分ほどではないにせよ、それなりに苦労をすると思っていた草太は、工学部出身だけに機械に強い。おかげで、錠剤成型機を心の友にしている平野をはじめ、他の上司たちにもたちまち受け入れられ、可愛がられるようになった。

理不尽な苦労を強いられた実咲としては、多少の愚痴《ぐち》を言ってみたくもなるというものである。

「まあでも、そんな福島君が慕ってくれるおかげで、私の株も不思議と上がったから、よしとしますか」

クスッと笑ってそう言うと、実咲は冷めたコーヒーを飲み干し、立ち上がった。そして、打ち合わせに臨《のぞ》むべく、書類を整えてオフィスを後にした……。


「うーん、有核錠の、核の入りがずれるんですね」

「そうなんだよ。てっきり杵臼《きねうす》がいかれたのかと思ったんだが……そうでもないみてえなんだよな」

揃って機械を覗き込み、平野と草太は額《ひたい》を寄せて会話している。

キャップを後ろ前にし、腕組みして首を捻《ひね》る平野の傍《かたわ》らで、草太は金型をペンライトで照らしながら頷いた。

「ええ。杵臼には問題はないみたいですから、むしろ内核を供給する部分の微妙なズレですね、これ。たぶん、何とかできます」

「おっ、そうか。じゃあ、やってみてくれ」

「はい」

平野は顰《しか》めっ面《つら》のまま一歩退《しりぞ》き、草太は自分の机から工具箱を持って、再び機械の前に立った。

いくら草太が機械に強いといっても、工場で錠剤を大量生産するような大がかりな製剤機器については、お手上げである。

しかしこの研究所において、試作用に使うマシンは小規模なもので、しかも今トラブルを起こしているのは、卓上に置ける簡易錠剤成型機だ。小さな機械の修理や調整なら、いちいち業者を呼ばなくても、どうにか対処できる。

入社以来、草太がいちばん腕を上げたのは、こうした機械類の整備だった。

（打錠の人間としては、合ってるような、駄目なような……）

そんな思いを頭に過《よぎ》らせながら、草太は学生時代から愛用のドライバーを手にした。作業自体はさほど複雑なものではないが、背後から突き刺さる平野の鋭い視線に、否応なく緊張を強いられる。

（うう、落ち着け、僕。冷静にやれば、どうってことないんだから）

作業室にいる他のメンバーたちも、チラチラこちらの様子を窺《うかが》っている。末っ子のお手並み拝見といったところなのだろう。

そんな好奇の視線を極力シャットアウトして、草太は小さなネジを慎重に緩めにかかった。

それから三時間後、草太は無事に機械の修理と調整を終え、午後からの仕事に備えて、少し早めの昼休みをとっていた。

ひとり暮らしでほとんど自炊をしない草太なので、毎日の食事は、コンビニか弁当屋で買って来るか、社員食堂で済ませている。

今日も、コンビニでおにぎりかサンドイッチでも買うつもりだが、その前に、会社から少し離れた駅前まで足を伸ばし、ドラッグストアに足を向けた。商店街にある大きなドラッグストアの店頭には、溢《あふ》れんばかりにセール商品が並べられ、客寄せのアナウンスが流れている。

店内にはそこそこ客が入っているが、皆、女性ばかりだ。いささか気後れしながらも、草太は店内をキョロキョロ見回しながら歩き回った。

（ええと……ニキビの薬って、どこだ？）

普段は薬というよりトイレットペーパーや洗剤といった生活雑貨を仕入れに来る場所だけに、薬を捜すことには慣れていない。広い店内をさんざんうろついた挙げ句、ようやくそれらしき売場にたどり着き、草太は安堵《あんど》の息を吐《つ》いた。

「あった！」

しかし、世の中に、ニキビに悩む人々は草太が思ったよりずっと多いらしい。棚には、様々なニキビ治療薬だけでなく、ニキビ肌用洗顔料、ローションなどもぎっしりと並んでいる。

「えっと……どれがいいのかな。やっぱ、テレビでＣＭやってたアレか？」

呟きながら指先を彷徨《さまよ》わせる草太の背後から、いきなりニュッと腕が伸びた。

「あっ、すみませ……」

てっきり誰かが商品を取ろうとしているのだと思って、草太は一歩横へどこうとした。

だが、驚くほどの素早さで「背後の誰か」に肩を抱かれ、動くことができない。

「えっ？」

突然の出来事に、軽い恐怖すら覚えて振り返った草太は、次の瞬間、文字通り小さく飛び上がった。

「ハロー、俺の子猫ちゃん」

そう言われて、全身に鳥肌が立つ。彼が本当に子猫なら、今、全身の毛が逆立っていたことだろう。

「なっ、何なんですかっ！」

「いや、これが俺的にオススメって教えてあげようと思っただけなんだけど」

そんな言葉と共に、鼻先に突きつけられたのは、聞いたこともないようなメーカーが販売している、ニキビ治療用クリームの細長い紙箱だった。

そして、結果的に草太を腕の中に閉じこめる体勢でニコニコ笑っているのは……草太の天敵だった。

梅枝敏之《うめがえとしゆき》。サプリメント研究開発部第一課の研究者だ。確か、実咲の一年後輩だと聞いた気がする。

同僚の話によると、「チャラチャラしているが、発想力に定評がある」らしいが、見た目の可愛らしさに反して意外と硬派な草太にとっては、梅枝のその軽薄そうなルックスを見るだけで、イラッときてしまう。

草太としては、出来るだけ梅枝のような人種とは関わり合いになりたくないのだが、いかんせん、梅枝のほうは、やけに草太のことが気に入っているらしい。

去年、梅枝の研究にほんの少しだけ関与し、律儀に共同研究者の末席に名を連ねてもらって以来、梅枝は何かにつけて草太にちょっかいを出してくる。

社内ですれ違うと、必ず今のように「子猫ちゃん」と草太を呼んで親しげに手を振るし、社員食堂でうっかり出会おうものなら、「何食うの？」と手元を覗き込まれるし、仕事で一緒に作業することになれば、それこそずっと嬉しそうな笑顔でこっちを見られて、調子を狂わされる。

とにかく、草太にとっては、外見から抱いた梅枝の第一印象を覆す要素など何もなく、ただもうひたすら、つきまとわれて迷惑という状態が続いている。

そして、今だ。

こんなふうに、外で梅枝に出くわすのは、初めてのことである。しかも、こんなに接近されたことも、これまでなかった。おまけに、ここでも「子猫ちゃん」呼ばわりされて、草太の頭にカッと血が上る。

とはいえ、周囲に他の買い物客がいる以上、さすがに社内でするように勢いよく梅枝の手をなぎ払うわけにはいかない。

「結構です。僕、自分の選んだ奴を買うんで」

苛立ちをぐっとこらえて、草太は梅枝の腕をグイと押しのけた。そして、彼から二歩離れ、自分を満面の笑みで見ている男を睨《にら》みつける。

「えー？　これ、マジでお勧めなのにな。俺、高校時代、こいつに滅茶苦茶《めちゃくちゃ》お世話になったのよ。おかげでほら、綺麗《きれい》に治って、お肌すべすべ……って、ありゃりゃ、よりにもよって、顎にニキビか。可愛い顔には画竜点睛《がりようてんせい》……じゃなくて、ええと、何だっけ」

「画蛇添足《がだてんそく》、略して蛇足《だそく》！」

「あーそれそれ、蛇足！　蛇足って、画蛇添足ってのが原型なんだ？　賢いねえ、子猫ちゃんは」

「僕は子猫ちゃんじゃなくて、福島草太です！　っていうか、ニキビの薬は自分で選びます。余計なお世話は結構ですから！」

悪びれる様子もなく繰り出される軽口に、草太はますます苛立ちを募らせ、声を尖らせた。きっと、怒りのオーラが全身から立ち上っていると思うのだが、目の前の男は、草太の負の感情など欠片も気にしていないようで、相変わらずヘラヘラしている。

「ああわかったわかった、お節介、反省します」

そう言って、胸の前に小さく両手を挙げてみせるそのおどけた仕草さえ、草太にはカンに障る。

女性なら誰でもドキッとするような、梅枝の申し分なく整ったひたすら甘い顔立ちも、同性の草太には何のアピールポイントにもならない。たとえ相手に悪気がなくても、こんなふうにプライベートな時間までつきまとわれるのは、真っ平ごめんだった。

「とにかく！　僕にちょっかい出すのはやめてください。いつも言ってることですけど」

「ああ、ゴメンゴメン。そんなに怒らせる気はなかったんだ。でも、これはマジでお勧め。悪いこと言わないから、いっぺん試してみてくれないかな？　顎のソレ、そんだけ腫《は》れてりゃけっこう痛いだろ。ニキビといえども、炎症は炎症、心配だよ。とっとと治したほうがいい」

急に真顔に戻って、梅枝は再び、今度は実に紳士的な距離を取って、ニキビ治療薬を差し出す。

（くそ、そういうの反則だろ！）

草太は内心、ギリリと歯噛《はが》みした。

製薬会社というのは、れっきとした階級社会である。

何がどうあっても、経営陣がトップ、そして薬学部や医学部を卒業した研究職がそのすぐ下に分厚い層を作っており、草太たちのように技術職の人間は、彼らの下に位置している。

　自分の仕事に誇りを持ち、決して卑下《ひげ》するつもりのない草太だが、それでも打錠の仕事は、研究職あってのものだと自覚せざるを得ない。だからこそ、いけ好かない梅枝にも、ある程度は礼儀正しい態度を保っているのだ。

　ところが、立場的にも年齢的にも、悔しいが身長的にもかなり草太より優位に立つ梅枝にそんなふうに下手に出られては、自分が果てしなく尊大、かつ横暴な人間に思えてしまう草太である。

「……っ、じ、じゃあ、今度だけ！　試させてもらいます」

「お勧めした手前、奢《おご》ろうか？」

「そんなこと、してもらう理由がありません！　このくらい、自分で買えます！」

　梅枝の手から荒々しく薬の紙箱を引ったくると、草太はドカドカと一目散にレジへと向かった。

「そっかー。じゃ、また後でね～、子猫ちゃん」

　後ろのほうからそんな声が飛んできたが、振り向く気は毛頭ない。レジに他の客が誰もいないのをこれ幸いと、草太は小さな紙箱を、必要以上に勢いよく叩《たた》きつけた……。

＊　　　＊

また後でね、という梅枝の言葉の意味を草太が知ったのは、それから一時間も経たないうちだった。

朝から実咲に「デビュー戦」と言われた大事な会議の席で、草太の目の前には、ヒラヒラと片手を振ってみせる笑顔の梅枝がいたのである。

（なんてこった……！）

思いきり頭を抱えたい気分だが、そういうわけにはいかない。絶望的な気分で、それでも背筋を真っ直ぐ伸ばして平静を装い、草太は与えられた席について、梅枝からわざとらしく顔を背《そむ》けた。

彼が今いるのは、社内の第四会議室である。

小さな演台と、それを挟むように長机を二列に配置し、向かい合わせに五脚ずつの椅子がセットされている。

壁の一面がすべて窓なので閉塞感はないものの、それらに大きめのホワイトボードを追加すると、ほとんど空き場所のない小さな部屋だ。

「さて、始めようか」

そう言って演台に立ったのは、サプリメント研究開発部統括部長の忠岡《ただおか》だった。終日スーツで過ごすといえば営業職もそうなのだが、彼らとは違い、パリッとした仕立てのいいスーツを着込んだ忠岡は、五十代とは思えない爽《さわ》やかさと、五十代ならではの貫禄《かんろく》を併《あわ》せ持つエリート特有の笑みを浮かべ、会議に出席した一同を見回した。

一同といっても、そこにいるのは草太を入れてたったの七人。ざっと見ただけでも色々な部署から集まってきたことがわかる、装いの異なる顔ぶれだ。ただ、年齢だけは比較的若めだという共通点がある。

「今日、このときまで、リーダー以外にはここに集まってもらった目的を教えずにおいたのは、君たちに先入観を持たず、仕事に取り組んでほしかったからだ。……これを見てほしい」

歯切れよく、通りのいい声でそう言いながら、忠岡はジャケットのポケットから何かを取り出し、演台に置いた。皆、軽く緊張した面持ちで、一斉に忠岡の顔から、彼の置いたものに視線を向ける。

それは、カリノ製薬が販売するサプリメントの中でも、二十年前に発売を開始して以来、常に売り上げ一位を誇るアイテム、「毎日、これ二錠!」だった。

何とも俗っぽい商品名ではあるが、十一種類のビタミンと十種類のミネラルをたった一つの錠剤にまとめ上げた、当時としては実に野心的、現在でも十分に機能的かつ簡便なサプリメントである。

でかでかと太ゴシック体で「毎日、これ二錠!」と書かれたアルミパックを、ハンドマイクの台にもたせかけた状態で置き、忠岡は誇らしげに言った。

「皆、これが何か、社内においてどんなに大切な存在か、わかっていると思う。この『毎日、これ二錠！』こそが、カリノ製薬に、サプリメント研究開発部を開設する原動力となったんだ。言うなれば、わたしや君たちがここにいられるのは、この『毎日、これ二錠！』のおかげといってもいい。感謝に堪《た》えないね」

　ユーモアのある忠岡の口調に、皆の口元が緩む。もっとも、忠岡は本社から派遣されてきた幹部クラスなので、そんなことはないのだが。

　室内の空気がほぐれたところで、忠岡は小さな咳払《せきばら》いをして、おもむろに表情を引き締めた。そして、置いてあった「毎日、これ二錠！」のパックを取り上げると、その大きなロゴを人差し指でとんとんと叩いた。

「しかし、だ。わたしですらそう思うのだから、若い君たちはもっとそう思っているはずだよ。どうにも、このパッケージデザイン、そして商品名はダサイ……とね。いや、ダサイなんて言葉は死語かもしれないが、おじさんには、そんな言葉しか、このパッケージを評価する言葉が見つからない」

　皆、無言でチラチラと周囲の人間の表情を窺う。

（確かに、だっせえよな……）

　草太も心の中では大いに忠岡に同意したが、顔には出さなかった。皆、きっと同じだろう。忠岡の意図を正しく理解できないうちに、自分の感情を素直に出すのは、サラリーマンとして危険過ぎると思っているのだ。

そんな一同の胸中などお見通しと言わんばかりに、忠岡は力強く言葉の穂を継いだ。

「そこでだ。このサプリメント研究開発部の未来を、ここで一度占っておくべく、わたしは、我が社の看板商品である『毎日、これ二錠！』のリニューアルを、君たち若い世代に託《たく》そうと思う」

「！」

今度は皆、いっせいに息を呑んだ。

忠岡の口調はカジュアルだったが、話の内容はすこぶる重い。

二十年に渡ってトップセールスを誇る商品をリニューアルするだけでも大変なのに、それを、まだ実績の少ない若手に任せると言うのだ。

まさに、社運を賭けたプロジェクト……いや、カリノ製薬は揺らがないとしても、サプリメント研究開発部は、確実に大きな影響を受ける大仕事だ。

（嘘だろ。僕、これがデビュー戦なんだぞ）

草太は、たちまち口の中がカラカラに乾いていくのを感じた。

入社三年にして、今日、草太は、ようやく平野室長からひとりで打錠業務を行うことを許され、会議に出席しているのである。

これまでずっと、上司たちの補佐役という名の見習いで仕事をしてきたため、ひとりぼっちが心細いという情けない状態なのだ。それなのに、こんな大きな……いや、規模は小さいが、価値の大きなプロジェクトに入れられてしまうとは。

もしかすると、平野は、プロジェクトの内容を聞かされていたのかもしれない。さっき、「まあ、他の連中から遅れて歩く羽目になるだろうが、邪魔だけはすんじゃねえぞ」という言葉で草太を送り出してくれたのは、そういうことだったのだろうか。

（看板商品のリニューアル……の、錠剤の形を決めるのが、僕？　そんな）

早くも、責任の重さに、身体が震えそうになる。そんな草太をよそに、忠岡は堂々たる口調で、不安げな一同に告げた。

「無論、最終的な決定はわたしが下すし、責任も、わたしにある。しかし、具体的にアイデアを出し、それを試作品にまとめ上げる大仕事は、君たちだけでやってもらうよ。わたしは最終段階まで、口を出すことはしない。すべては、君たちのセンスにかかっている」

すると、もっとも忠岡に近いところに座っている温厚そうな白衣の青年が、軽く手を上げ、発言の許可を得てから口を開いた。

「しかし、せめてリニューアルの方向性だけでも、示していただいたほうがいいのではないでしょうか。そんなことがないよう努めますが、それでも万が一、まったく的外れな改良を加えた試作品を上げてしまっては、お互い時間の無駄ということになりかねません」

口調は穏和だし、言葉遣いも丁寧だが、発言は極めて合理的だ。忠岡も、満足げに頷いた。

「そうだね。君の言うとおりだ、茨木《いばらき》君。ああそうだ、ついでだからみんなに紹介してこうかな。このプロジェクトのリーダーをやってもらう、サプリメント研究開発部第二課の茨木畔《くろ》君だ。メンバー最年長というわけではないが、実績と人柄を見込んで、わたしがお願いした。茨木君、一言挨拶を」

促されて、茨木と呼ばれた青年は、忠岡に目礼して立ち上がった。草太としては羨ましい限りの、長身痩軀《ちょうしんそうく》だ。たぶん、百八十センチは軽く越えているだろう。

やはり静かに微笑んで、茨木はプロジェクトメンバーに慇懃《いんぎん》に頭を下げた。皆、座ったままでもそもそと礼を返す。

「ご紹介にあずかりました、研究開発部第二課の茨木です。若輩者ですが、普段、ビタミンやミネラル系サプリの開発を担当しているので、今回、プロジェクトリーダーに任じていただきました。とはいえ、皆さんのフレッシュなアイデアなくしては、とても成功は望めない重要なプロジェクトです。どうぞ、未熟な僕に、皆さんのお力を貸してください。よろしくお願いします」

淡々とした、流れるようにスムーズな口調だった。きっと、前もって考えていた文言なのだろう。とはいえ、丸暗記して棒読みというわけではなく、とても自然で、気負いのない挨拶である。

一瞬の沈黙の後、拍手の音が会議室に響いた。草太は一瞬、それは忠岡のものだと思った。しかし、彼の視界の中では、梅枝が笑顔で元気よく手を叩いている。

「！」

そんな梅枝につられて、皆、慌ててパチパチと茨木に拍手を贈った。

「ありがとうございます」

茨木が気恥ずかしそうに礼を言って着席すると、忠岡が再び話を引き取った。

「頼もしい挨拶だったね、茨木君。では、リクエストどおり、基本的なリニューアル方針を、今ここで示そう。この『毎日、これ二錠！』の主な購買層は、三十代から六十代のサラリーマンだ。一度気に入るとずっと愛用してくれるありがたい客層ではあるが、これをもっと広げていきたい。もっと流行に敏感な若い世代にも、特に女性にも！　もっと色々な人に愛されるサプリに、この『毎日、これ二錠！』を生まれ変わらせてやってほしい」

「…………」

わかりやすい、けれどあからさまに難しい方針に、皆、無言で小さく頷く。

そんな困惑ぎみな反応は十分に予測済みだったのだろう。忠岡は気にする様子もなく、満足げにパンと手を叩いた。

「よし、これで当座のわたしの仕事は終了した。あとは、いわゆる一つの『あとは若い人たちだけで……』という奴だよ。では、これで失礼する。諸君、素晴らしい試作品がわたしの元にもたらされる日を、楽しみにしているよ。……ああ、言い忘れていた。とりあえずは、君たちに一ヶ月差し上げよう。では、健闘を祈る」

そう言い残して、忠岡はキレのいい足取りで会議室を出て行った。あとには、まだ困惑を引きずる七人のプロジェクトメンバーが残される。

そんな重苦しい空気と沈黙を振り払ったのは、やはり梅枝だった。

「さーて、お偉いさんの勝手なトークは終了！　あとは俺たちの顔合わせと、最初の大まかな取り決めをすればいいんだろ？　ざっくばらんに行こうや。な、茨木」

そう言って、梅枝はみずから進んで椅子を少し引き、長い足をゆったり組んだ。リラックスした彼の仕草に、場の空気も自然と和む。認めるのは悔しいが、梅枝を毛嫌いしている草太ですら、そんな彼の言動にちょっと安心したほどだ。

「ああ、そうだね、梅枝」

互いに呼び捨てにするところを見ると、どうやら二人は同期で、しかも同じ研究職どうし、それなりに仲良くしているらしい。

腰を浮かせかけた茨木だが、思い直して再び着席すると、机の上で両手の指を緩く組み合わせた。梅枝の言うとおり、「ざっくばらんに」議事を進めることにしたらしい。

「では、社内のあちこちから集められたメンバーが、大きなミッションを与えられ、こうして一つの目的に向かって動くことになったわけです。まずは、簡単なメンバー紹介から始めましょうか。改めて。リーダーを仰《おお》せつかった研究開発部第二課の茨木です」

そう言ってから、茨木は隣の席でニヤニヤしている梅枝と、その向こうに、こちらは堅苦しいほどきっちり座っているメタルフレームの眼鏡を掛けた青年を片手で示した。

「で、こちらが研究開発部第一課の梅枝敏之と、加島透《かしまとおる》。二人とも、僕の同期で、優秀な研究者です。梅枝には、サブリーダーを務めてもらいます。頼りない僕の補佐ということで。それから……」

茨木は、順番にメンバーを紹介していく。プロジェクトの構成は、研究者三人、営業部員二人、宣伝部員一人、そして打錠の草太だった。

席次の関係でいちばん最後に紹介された草太は、嬉しそうにこちらへウインクする梅枝をあからさまに無視して立ち上がり、「よろしくお願いします！」と深々とお辞儀をした。

上司がいない会議など滅多にないことなので、互いの部署と名前を知って、メンバーの緊張感もほどよく解《ほぐ》れてくる。

茨木は、あくまでも穏やかな調子で言った。

「それにしても、重要な任務ですね。『毎日、これ一錠！』は、カリノ製薬に就職する前から知っていた、有名なサプリです」

そんな言葉に、皆、一様に頷く。サプリメントに興味などなかった草太ですら、コンビニで見かけたせいで、中学生時代から知っていたほどだ。

「今でこそ、こういう総合サプリは珍しくないが、当時は、こんなふうにコンパクトな形状でまとめたものはまだ少なかったしな。一錠にすべてが入っているというのは、大きなアピールポイントだっただろう」

加島という名の青年は、そう言って「毎日、これ二錠！」のアルミパックを手に取る。梅枝は、うーんと相づちとも何ともつかない声を出し、流し目気味に草太を見た。

（な、何なんだよ。そういう変な目つきは、女の人相手にしろっての！）

いつも自分ばかり目をそらすのも、負けているようで気分が悪い。負けず嫌いの草太は、大きな目をいっそう見開き、眼鏡越しに梅枝を睨み返した。

すると梅枝は、ちょっと意地悪な笑みを浮かべて、蠱惑的《こわくてき》な声で言った。

「こういう錠剤、二十年前は結構な先端技術だったんだろ、打錠の福島君？　でも、今は？　今はもっと、他のテクノロジーが打錠にはあるのかい？」

「……っ」

また子猫ちゃん呼ばわりされたら、今度こそみんなの前で怒ってやろうと思っていた草太は、初めてきちんと名字を呼ばれ、むしろ面食らって口ごもる。

してやったりの笑みを深くする梅枝の底意地の悪さには腹が立つが、専門分野で発言を求められ、初日から醜態《しゅうたい》を晒《さら》すわけにはいかない。梅枝のことはひとまず脇に置き、草太は一生懸命、持てる知識を披露した。

「そうですね。正直なところ、開発には葛藤《かっとう》もあったと上司から聞いたことがあります。すべての要素を一錠に固めることはそれ以前にも可能でしたが、まず、サイズを出来るだけ小さくすることに苦心したと……」

「ああ、なーるほど。でっかい錠剤は、喉につかえて飲みにくいもんなあ。これは、サイズもほどほどだし、細長く作ってあるから、確かに飲みやすそうだ」

これまた腹立たしいが、梅枝の相づちは、実に話し手に優しい。話の腰を折らず、さりげなく情報を追加して、草太が話を膨らませやすくしてくれる。

短気だが決して馬鹿ではない草太は、そのことに気づいて余計にムッとしつつ、それでも素直に同意せざるを得なかった。

「そうです。あと、割りやすいよう、中央にけっこう深い溝を刻んであるんです」

「何で？　子供用？」

「いえ、現代ならともかく、二十年前は、お子さんがこういうものを飲むってのは、想定してなかったと思います。だから、子供用ではないです。ただやっぱり、お年寄りなんかだと、このサイズでも大きく感じる人がいますし、単純に分けて飲みたいって人もいるので、そういう人たちのためです」

「なるほどね〜。で、葛藤のほうは何？」

梅枝に絶妙のタイミングで先を促され、草太は皆が興味深そうに耳を傾《かたむ》けてくれているのを感じながら、一生懸命話を続けた。

「これだけ多くの種類を詰め込むと、いちばん効果的に身体に吸収される部位や、時間帯が違うグループを一緒くたにすることになるでしょう？　それなのに一切合切をまとめちゃうのはどうなんだろうって、当時はだいぶ揉《も》めたみたいです。でも結局、効率が悪い奴が何種類か出来ちゃっても、全部無駄になるわけじゃない、ここは利便性と盛りだくさん感をとろうってんで、今の形になったたって、僕は聞きました」

するると、宣伝部の三島《みしま》が口を開いた。プロジェクト唯一の女性だ。社外の仕事が多いだけあって、地味だがセンスのいいスーツを着て、感じのいい薄化粧をしている。

「じゃあ、この『毎日、これ二錠！』を飲んでも、全部の成分が身体の役に立ってるわけじゃないんですか？　あ、すいません、自社製品なのに、そんな基本的なこと訊《き》いちゃって。でも、あんまり看板商品すぎて、これといって派手な宣伝もしてないんですよね、ずーっと。だから、逆によく知らない……ってことに」

そんな正直な三島のコメントに、これまた全員が「あー」とどこか間抜けな声を上げて同意する。皆、日々、新しいサプリメントの開発に忙しく、古くからの商品に注意を払う機会が、これまでなかったのだろう。

加島も、興味深そうに言葉を添えた。

「なるほど。看板商品ゆえに、誰も興味を示さなかった……か。そうだな。基本的に、きちんとした食事をしていれば、ビタミンもミネラルも、さほど不足することはない。こうしてサプリメントを摂取するのは、言うなれば保険のようなものだ」

「相変わらず身も蓋《ふた》もねえな、お前のコメントは。けど、万が一何か不足したもんがあっても、このサプリで補充されるんだ。悪かないだろ」

どうやら、この加島という人物は、知的な容貌に違《たが》わず、普段から率直で鋭い発言をする人間らしい。梅枝にそう窘《たしな》められ、加島はいささか決まり悪そうに眼鏡を押し上げた。

「別に、『毎日、これ二錠！』を貶《けな》したわけじゃない。サプリというものが、そもそも補助的な存在なのだと言っただけだよ。……で、今は錠剤の形状的に、さらに改良の余地はあるのか？」

またしても質問を食らって、草太は眼鏡の奥の目を白黒させた。どうやら皆の興味が、いったん錠剤の「形」に向いているらしい。

今はとにかく率直な会話を……と思っているのか、茨木も何も言わず、ただせっせとメモを取りながら、皆の様子を見守っている。

（このプロジェクトでは、打錠は僕ひとりなんだ。僕がちゃんと答えられないと、打錠室のみんなが舐められて、迷惑する。……頑張らなくちゃな）

気後れしそうになる自分を、頬《ほお》をペシリと叩いて窘め、草太は考えながら答えた。

「えっと……。確かに、二十年前に比べれば、サプリの打錠技術もずいぶん上がってます。

医薬品にまったく引けを取りません。……んーと、たとえば、今の『毎日、これ二錠！』

みたいに、成分を均等に混ぜて固める方法の他に、有核錠や積層錠、あー、平たく言えば、

中に種みたいに核を入れ込んだり、成分を地層みたいに敢えて分けてみたり、色々できま

すよ。ただ……」

「ただ？」

茨木に問われ、草太は小首を傾げて話を締めくくる。

「打錠は開発の後半の仕事なんで、やっぱり、どんな成分を取り合わせるか決めてもらっ

てからのほうが、こっちも提案しやすいかなー、と」

それを聞いて、営業部の八尾《やお》もポンと手を叩いた。

「そりゃそうだよねえ。やっぱ、営業としても、こういう軸で行く！ってのを真っ先に決

めてほしいっていうか、俺ら営業とか宣伝の仕事は、そこが命だしさ」

まだ二十代の彼は、いかにも営業職らしい、元気のいい声を上げる。いい具合に話が流

れてきたと判断したのか、ずっと聞き役に回っていた茨木は、ようやくそこで話の流れを

自分に引き寄せた。

「今日はただの顔合わせのつもりだったんですが、初日からみんな、認識を同じくしまし

たね。我がサプリメント研究開発部を産み育て、今も支え続けてくれている『毎日、これ

二錠！』のことを、僕たちは皆、これまで知らなすぎた」

全員が若干しゅんと反省して頷くのを確かめ、茨木は小さく肩を竦《すく》める。

「無論、僕も含めて、ですが。とにかく、このままで商品のリニューアルに取りかかるわけにはいきません。各人、まずは『毎日、これ二錠！』のヒストリーと詳細な成分、それに現段階でのカスタマーの意見をきちんと頭に入れましょう。これは、明日までに僕が資料を揃えて、皆さんにお届けします」

「勿論《もちろん》、手伝うよ～。俺、そういう事務作業は、わりに得意だからね」

茨木に視線を向けられた梅枝は、やはり軽い調子で応じる。茨木は、苦笑いを浮かべた。

「ありがとう。それでこそサブリーダーだよ。……というわけで、各人、それを踏まえて、リニューアル案をいくつか出してください。多い分には構いません。各部署で、それぞれ違うアイデアが出るでしょうしね。多少無茶な案だと思っても、躊躇《ためら》わず持って来てください。勿論、持ち場の人たちや、この仲間内で相談して、一緒にアイデアを練《ね》ってくれてもいいですよ。とにかく、次はブレインストーミングから始めましょう」

そう言いながら、茨木は手帳を開いた。

「今日は火曜日ですから、次の会議は、勉強時間も考慮して、三日後の金曜日の午後にしましょう。後で予約状況を調べますが、空きがあれば、またここで。詳細はメールでお伝えします。あと、顔合わせの飲み会を、会議の後に開こうと思うので、そのアナウンスもしますね。……では、今日はここまでということで。お疲れ様でした」

「お疲れ様でした！」

皆、いっせいに頭を下げて、ガタガタと立ち上がる。

「……ふう」

いきなりちょっとした出番があった草太は、思わず溜め息をつきながら席を立った。間違ったことを話してはいけないと思う一心で、よほど身体に力が入っていたのだろう。首から肩が、痛いほど凝っている。

（だんだん慣れていかなきゃな）

そう思いながら部屋を出て行こうとすると、案の定、あの甘ったるい声が飛んでくる。

「おーい、そんなにつれなくすんなよ、子猫ちゃん」

「僕は子猫じゃありません！　さっきみたいに、ちゃんと福島と名前で呼んでください！」

振り向きざま、草太は険しい顔で一息に言い放つ。するとまだ椅子に座ったままの梅枝は、やれやれと言いたげに、指先で頬を掻《か》いた。

「いいニックネームだと思うんだけどなあ、子猫ちゃん。ちっちゃくて可愛くて、猫みたいにシャーシャー言うし」

「………っ！」

小柄、童顔、ついでに短気と、気にしていることを三つもサラサラと軽い調子で挙げられて、草太は爆発寸前の凶相になった。

これから最低一ヶ月、不本意ながらもこの男と同じプロジェクトチームで仕事をしなくてはならないのだ。この際、初日に厳しく牽制《けんせい》しておこうと思い、ツカツカと梅枝に歩み寄る。

だが草太が言葉を発する前に、梅枝は嬉しそうに顔をほころばせ、草太の顔を指さした。

「おっ、さっそく塗ってるね、ニキビの薬」

「うっ」

緊張ですっかり忘れていたニキビの話を持ち出され、草太は鼻白む。梅枝が勧めてくれた軟膏《なんこう》は、淡いピンク色をしているのだが、ニキビにつけると、白っぽく目立ってしまうのだ。

「それさ、色が気になるかもしれないけど、早く炎症が鎮《しず》まるから、たっぷりめに塗って、あとは絶対触らないこと。それが、早く治すコツだぜ？」

「……ど、どうも」

毒気を抜かれて、思わず礼じみた言葉を口にした草太だが、梅枝の次の台詞に、瞬間湯沸かし器のように再び腹を立てた。

「それにしても、見事なニキビだなあ。可愛い顔してっから、やっぱ肌年齢もまだ子供なんじゃゃね？」

「誰が子供……ッ」

「こら」

幸か不幸か、草太の癇癪《かんしゃく》は、爆発寸前で鎮火された。加島が、持っていたいかにも丈夫そうなバインダーで、梅枝の頭をゴツンとかなり強く叩いたのである。

「あだッ！」

「いい加減にしないか。福島君に失礼だろう。年長者だからといって、小学生のようなからかい方をするものじゃない」

素晴らしくフラットな口調と無表情でそう言い、加島は草太に詫《わ》びた。

「すまない。こいつは悪人じゃないんだが、気に入った人間はとことんからかいたくなる性格らしい。よくない癖だが、この年齢になると人格矯正は困難だろう。君のほうから毅《き》然《ぜん》と無視してやってくれ」

どうやら加島という男は、本当に感情表現に乏《とぼ》しく、冷徹《れいてつ》な性格らしい。ザクザクと切り刻んで来るような言葉に、さすがの梅枝もちょっと情けない顔になった。

「おい、加島〜。余裕だなあ。お前、自分の恋路が上手くいってるからって、やけに他人には厳しいじゃねえかよ」

「……っ！　そ、そんなことは！」

さっきまでの取り澄ました様子はどこへやら、たちまち加島は色白の顔を真っ赤に染める。

（あれ？　何だ、急に人間らしくなったぞ、この人）

突然の変貌にキョトンとする草太の肩を叩いたのは、いつの間にか近くに来ていた茨木だった。

「あの二人は、いつもああいう感じなんです。気にせず、オフィスに戻ってくれていいですよ。……たったひとりでの参加、心細いかもしれないけれど、何でも言ってください。頼りないですが、相談に乗りますからね」

さすがリーダーを任されるだけあって、茨木の態度は親切で、落ちついている。この人がリーダーでよかったと思いながら、草太はホッとして頭を下げた。

「ありがとうございます。じゃ、よろしくお願いします！」

「こちらこそ。では三日後に」

「はいっ」

どこか恨《うら》めしそうな梅枝の視線を、加島に言われたようにサラリと受け流して、草太は会議室を出た。ひとりになって廊下を歩くうち、これからやらなければならない仕事の重みがズッシリと肩にのし掛かってくる。

（すげえな。二十年続いたサプリのリニューアルだってさ。しかも、新しい錠剤の形を、僕が決めるんだ。島本さんでもなく、平野室長でもなく、田尻さんでもなく、新米の僕が。で、それが、また何年……ヘタすると何十年か、そのままなんだ）

「うわあ……」

そんなことを考えていると、歩きながら、つい奇声が漏《も》れてしまう。

オフィスに戻れば、きっと皆に、会議はどうだったと訊かれる。こんな大仕事だと知ったら、さすがに室長以外の同僚は驚き、「大丈夫か?」と言うに決まっている。

そのとき、空元気でも片意地でも、とにかく「大丈夫です!」と胸を張れるよう、少し気持ちを落ちつかせて戻ったほうがいい。

「……ちょっと、コーヒー飲んでから戻ろう」

そう決めて、草太はインスタントコーヒーの自動販売機がある一階ロビーに向けて、強《こわ》張《ば》ったうなじを片手で揉みほぐしつつ、どこか重い足取りで歩いていった……。

二章　クローズドな胸

「それにしても、『毎日、これ一錠！』のリニューアルなんて、うちの会社も思いきったこと考えたわね。しかも極秘プロジェクトじゃなくて、ばばーんと大っぴらにやっちゃうんだ？」

生ビールを勢いよく飲みながらの実咲の言葉に、こちらはオレンジジュースのグラス片手の草太は、情けない顔で頷いた。

「そうなんですよ。室長は、プロジェクトの内容、知ってて僕に振ったんですよね？」

恨めしそうな視線を向けられた平野は、「だいぶ濃い目に」作ってもらった焼酎お湯割りをちびちび啜りながら、片眉を吊り上げた。

「そりゃまあ、おおまかにはな」

「はあ……だったら何で、僕みたいな頼りないのに振ったんですかあ。せめて島本さんなら、もっとこう、バリバリイニシアチブを取れたと思うのに」

草太がそんな弱音を漏らしているのは、駅前の居酒屋である。

会社の周囲はいわゆる新興住宅地で、駅前まで出ないと飲食店はない。酒が飲めて、遅くまで食事ができる店はさらに限られていて、この全国展開しているありふれた居酒屋が、カリノ製薬の社員たちにとっては実に貴重な憩《いこ》いの場なのである。おそらく、金曜の夜の「プロジェクト親睦会」も、ここで開かれることだろう。

草太の独り立ちを祝って、軽く一杯やろう……そんな実咲の発案で、草太と平野、そして実咲は、仕事帰りにこの店に来ていた。

「思ったよりフレンドリーな人たちばっかですけど、僕、ちゃんとやれるか自信なくて、今から不安ですよ」

平野は家で食事をするのでほとんど食べ物に手を付けていないが、草太にとっては、今が夕飯の時間である。アルコールを受け付けない体質の彼は、あからさまに冷凍食品の焼きおにぎりをぱくつきながら、そんな正直な気持ちを吐露《とろ》した。

最近、体重を気にしている実咲は、大盛りのサラダをつつきながらちょっと皮肉っぽく笑う。

「ちょっと、しょっぱなから弱気じゃない。頑張るんじゃなかったの？」

「そうなんですけど、でも、仕事が大きすぎて。時間が経つにつれて、ジワジワ不安のほうが増してきましたよ。僕、まだまだ知識も経験も足りないのに」

「だったら、知識も経験も、ガンガン貯《た》め込みゃいいじゃねえか」

ぶっきらぼうにそう言い、平野は草太の頭を小突いた。

「うう、一ヶ月じゃ限界がありますよ～。あ、そういえば」

軽く叩かれただけでも、けっこう痛い。後頭部をさすりながら、草太はふと思いついて平野を見た。

「二十年前、『毎日、これ一錠！』が出来たときのことを室長、前に話してくれたでしょう？　そのおかげで今日、僕、みんなの前で当時のことを喋《しゃべ》れて助かったんですけど」

「おう、よかったじゃねえか」

「あれって、あのサプリが出来たとき、室長もかかわったってことですよね？　もしかして、錠剤の形を決めたの、室長なんですか？」

するとと平野は、苦笑いでかぶりを振った。

「いや、あの頃はまだ、サプリメント研究開発部ってなぁ、独立してなかったんだ。医薬品本部の片隅で、細々やってるくらいでな。だから俺も、その頃は医薬品の生産部門で、ちっと偉くなった程度の立場だった」

確かに、サプリメント研究開発部が別社屋を構えるようになってまだ十五年と聞いている。「毎日、これ一錠！」開発時には、平野はまだ今のような技術職ではなく、実際の生産現場で働いていたらしい。

おそらく、当時、勤務中に被っていた作業用帽子を、今なお愛用しているのだろう。生産現場で働く人々の苦労を忘れないようにという、自分への戒《いまし》めかもしれない。

草太がそんなふうに思いを巡らせていると、実咲が不思議そうに口を挟んだ。

「じゃあ私にも、あんなに見てきたように開発の苦労話を聞かせてくれたの、全部誰かの受け売りなんですか？」

すると平野は、苦虫を噛み潰したような顔で腕組みした。

「阿呆《あほう》、そんなわけがあるか！　生産ラインの一員として、開発にちーとばかりかかわっとったぞ」

「どんな風に？」

「その頃は、サプリ専門の打錠室なんてもんはなかったから、医薬品の打錠をやってた奴が、『毎日、これ二錠！』の錠剤も作ることになってな。だが、医薬品にあんな雑多な成分を詰め込むことは、なかなかねえだろ。で、生産ライン的にこれはどうなんだって相談されて、色々一緒に考えたってわけだ」

草太は感心したように何度も小さく頷いた。

「そっか、それであんなにリアルな葛藤とかも、聞かせてくれたんですね」

酒が入るといつもより五倍くらい饒舌《じょうぜつ》になる平野も、グラスをマイクのように掲げてべらんめえ口調で言い募る。

「おう。当時はあれこれ手探りだったからな。今は、ずいぶんと恵まれてんだぞぉ、福島。

初めての経験だっつっても、ちゃんと開発部門があって、プロジェクトチームなんて結構なもんが組めるんだからよ。いいか、せっかく活躍のチャンスを回してやったんだ、しょっぱなから泣き言言っててんじゃねえ」

「そうよ。私には、そんなおいしいチャンス、これまで一度もなかったんだから。今度だって、室長が、大きな試練は、伸びしろのある末っ子優先だーって。どうせ私には、伸びしろなんてあんまり残ってませんよーだ」

悔しそうにそう言って、実咲は大きなジョッキをぐいっと傾ける。いつも快活な彼女が、そんな風に負の感情を露《あら》わにすることは珍しく、草太はハッとした。

「あ……す、すいません。僕、何か凄《すご》い贅沢《ぜいたく》言ってました、よね」

「そのとおりよ！　ああもう、そんな情けない顔しないの。今のは半分本気だけど、半分は冗談だから。……すいませーん、生ビールおかわり！」

通りすがりの店員に大声で注文してから、実咲はいつものさっぱりした笑顔で言った。

「そりゃ、最初の頃こそ、女だからって偏見バリバリのおじさんたちと無駄に戦う羽目になったけど、今はみんな、それなりに私のこと認めてくれてるし、私だって、やり甲斐《がい》のある仕事を任せてもらってるもん」

「あ、そっか。今日、マシンを調整した『スタリリーフ』の打錠、島本さんの担当でしたよね。あれも、まだ錠剤の試作段階なのに、今から宣伝と営業が張り切ってるみたいじゃないですか。こないだ掲示板に、ポスターの候補作が何枚か貼《は》ってありましたよ。社内投票で、一番人気の奴を採用するって」

草太がそう言うと、実咲は得意げに胸を張った。

「そうそう！　医薬品で消化薬や胃粘膜保護剤は色々あるけど、胃痛がターゲットのサプリって、あんまり見ないのよね。だから、ずいぶん頑張って売り出すみたい。うちみたいな小さな製薬会社は、とにかく先達になるか、隙間を突くか……どっちかで生き残らないと」

仕事バカの三人だけに、勤務が終わったあとの飲み会でも、やはり話題はサプリメントのことばかりである。平野も、三年前にやめた煙草代わりにスルメをくわえたまま、面白そうな顔つきで、短く刈り込んだごま塩頭を撫《な》でた。

「胃痛なあ。ストレス社会って奴か。俺が若い頃は高度成長期とやらで、胃が痛くなる暇もなかったもんだがな。しっかし、胃痛のサプリってなあ、何が入ってんだ？　医薬品じゃねえのに、胃痛をどうにかできるもんなのか？」

そんな質問に、実咲は人差し指をピンと立て、スラスラと答える。

「胃痛っていうのは、たいていは胃粘膜が荒れて発生するわけでしょ？　だから、胃粘膜を保護したり、胃酸を中和したり、粘膜の修復を助けたりするものを、いくつか配合してあるんですって」

「あ？　じゃあ、胃痛を治すってわけじゃねえのかよ」

「それは医薬品のお仕事ですもん。治すんじゃなくて、胃痛にならない胃を作るお手伝いをするのがサプリですよ」

「あー、そんで『スタリリーフ』なんて名前なんだ」

ポンと手を打った草太に、平野は顰めっ面で訊《たず》ねる。

「なんか意味あんのか、その『スタリリーフ』って名前に」

ずっと技術職だっただけに、英語文献を読む機会が少なく、平野はあまり横文字に強くない。実咲は、別に馬鹿にする風もなく、淡々と答えた。

「『スタ』はスタマック……英語で胃のことです。『リリーフ』はほら、野球の、リリーフピッチャーのリリーフ」

「おう、そういうことか。胃をお助け、って意味の名前なんだな。なるほど。で、成分は何だ？　何で胃を助けるって？」

アルコールが入っているにもかかわらず、実咲の返答はまったく淀《よど》みない。

「ビタミンA・C、それから……そう、Uでしょ。あとはマグネシウムとか、アロエ。特にアロエは、善玉菌を育てて、腸内環境までよくしてくれるんですって。勿論、お肌にもいいし！」

草太と平野は、同時に感嘆の声を漏らす。

「ほお……」

「へえ。何も見ずにそんだけスラスラ言えるの、凄いな」

「あったり前でしょ！　自分がかかわるサプリだもの、中身はバッチリ知ってるわ。それに、自分がお客さんになったつもりで、買って使ってみたいと思うようなものに仕上げなきゃ、意味ないし」

「自分がお客さんになったつもりで……か」

「そうよ。福島君、今はまだ、『毎日、これ二錠！』を、どっかの知らない誰かが買って飲んでるサプリとしか感じてないでしょ」

「そりゃ……まあ。確かに、僕はまだ飲んだことないですし」

「それが駄目なの！　どうせ他人が飲むものだなんて思ったら、やっつけ仕事になっちゃうわよ。まずは、現行品を福島君自身が飲んでみなきゃ」

「だけど島本さん、別に胃痛なんかないでしょ？　それでも、やっぱ『スタリリーフ』の試作品、飲んだんですか？」

実咲は、こともなげに頷く。

「だって、サプリだもの。治療じゃなくて、胃粘膜をさらに健やかにする意味で飲んだって、無駄にはならないわ」

「それもそっか……」

「ほら」

実咲はバッグを探って、小さなセルロイド製のピルケースを取り出した。蓋を開けると、中には「スタリリーフ」の試作品が何種類か、詰め込まれている。

「成分はもうフィックスしてるから、あとは私の腕の見せ所。だから色んな錠剤を作って、飲みやすさとか、可愛らしさとか、そういうのを追求してるのよ」

錠剤と実咲の顔を見比べ、草太は目をパチパチさせた。

「飲みやすさはわかりますけど……可愛らしさ？」

ますます勢い付いて、実咲は声のトーンを跳《は》ね上げる。

「あっ、今、サプリに可愛らしさなんて必要ないって思ったわね！　もしかして、室長もそう思ってます？　今日の打錠テスト見ながら、『何だよそれ』って呆《あき》れ顔してましたもんね」

「う？　あ？　俺か？」

いきなり矛先《ほこさき》を向けられ、平野はギョッとした顔で頬杖《ほおづえ》から顔を上げる。

「いや、別に俺ぁ、馬鹿にしてたわけじゃねえぞ。ただ、胃痛のサプリがピンク色ってなぁ、どういう了見だろうと不思議に思ってただけで」

「ピンク色？」

「そう、これこれ。今日作った奴」

実咲は楽しげに、透明フィルムでパッキングした錠剤を、草太の手のひらに置いた。確かに、小さな丸い錠剤が、サプリメントではあまり見ない、淡くて綺麗なピンク色に染められている。

「糖衣ですか？」

「うん、まあ、実際は糖衣なんて不必要だから、却下になるだろうと思うけど……でも、可愛くない？」

草太は平野と顔を見合わせ、困り顔で曖昧に頷く。

「んー、まあ、可愛いっちゃ可愛い、です」

「でしょ？　胃痛に苦しんでるのは、何も男性ばかりじゃないの。女性だって、色んなストレスと闘ってるんだもん、胃も痛くなるわよ」

色んなストレスと言いつつ、実咲はチラと平野を見る。過去の仕返しと言わんばかりの部下の視線に、平野はまずい酒でも飲まされたような顔で、わざとらしく天井を見上げた。

そんな上司を無視して、実咲は熱弁をふるった。

「だからね。女性が手に取りやすいようなサプリにしたいと思って。だってせっかく、女の私が打錠担当なんだもん。男性だって、別に錠剤がピンクだからって、毛嫌いはしないでしょ？　ピンクって優しい色だから、外見からして、胃痛も和らげてくれそうな気がしないかなーって」

「はあ……なるほど。そっか。納得しました。勿論、色んな客層を考えなきゃいけないけど、手始めに自分がほしい商品でなきゃ、てんで駄目ですよね！」

実咲の熱が伝染したかのように、草太もクルリとした目を輝かせる。その顔からは、さっきまでの不安の色は拭《ぬぐ》ったように消えていた。

「おっ、姉貴分からいいことを教えてもらったじゃねえか」

ニヤニヤしている平野に、草太はうっすら紅潮した顔で頷いた。

「はいっ。僕、何か頑張れそうな気がしてきました！　帰りに、ドラッグストアで『毎日、これ二錠！』買って帰ります！」

「あら、明日、社販で買えば安いのに」

「待ちきれません。今夜から、早速飲み始めたいんですよ！」

「あはは、福島君、遠足前夜の子供みたいな顔してる」

「あっ！　島本さんは、また僕を子供扱いして！」

本当の姉弟のようにじゃれる若い部下二人を、平野はいい具合の酔眼で見守る。このときの草太の頭からは、プロジェクトチームに厄介な男がいるということなど、すっかり抜け落ちていた……。


翌朝、いつもより少し早く出勤した草太は、机の上に置かれた分厚い封筒に、「わっ」

現物一袋だった。

中に入っていたのは、「毎日、これ二錠！」についての各種資料と、茨木からのメッセージもついていて、あらためてプロジェクトリーダーとしての心構えと、メンバーの協力を請う内容が、端整な文体で綴《つづ》られている。

署名の下には、「追伸」として一言、直筆で草太宛のメッセージが付け加えられていた。

「打錠からたったひとりの参加、しかも他の皆と業務内容が少し違うので、心細いこともあろうかと思います。何でも気軽に相談してください」

そんな文章を読んで、草太はふっと口元を緩めた。

（なんか、先生みたいな文章。小学校の通信簿を思い出すなあ）

他愛ない文章だが、プロジェクトリーダーである茨木が、自分を気に掛けてくれていると思うと、それだけで少し心強い。

きっと、追伸のメッセージは、全メンバーへ、それぞれ付け加えられているのだろう。

昨日のうちに資料を揃え、こんなに細かい心遣いまで添えるあたり、茨木は相当に出来る男とみえる。同期である梅枝と加島を抑えてリーダーに任命されたことからも、それを他の二人が素直に受け入れている様子からも、茨木の優秀さが窺えた。

と、そこまで思考が進んだところで、つい梅枝のあのやに下がった笑顔を思い出し、草太はたちまち幼い顔をしかめた。

「ま、茨木さんが優秀っていうより、絶対あいつが優秀じゃないんだよな」

「あ？　誰が優秀じゃないって？」

すぐ近くの書棚で専門書を漁《あさ》っていた同僚の田尻が、草太の独り言に反応する。草太はギョッとして田尻のほうを見た。

現在四十歳の田尻は、去年、十五歳も年下の女性と結婚し、まさに人生の春を謳歌《おうか》している。それはいいのだが、いわゆる幸せ太りなのか、ここ半年ほどで急激に体重が増え、ピチピチの白衣がどうにも暑苦しい。

「あ、いえ、何でもないです」

「俺のことじゃねーのか？　先輩の悪口は、感心しないぞ～」

田尻はからかい口調だったが、生真面目な草太としては、そんな勘違いをされてはとても耐えられない。仕方なく、言葉を濁《にご》して白状した。

「いえ、今度のプロジェクトで一緒になった研究開発部第一課の梅枝さんて、優秀なのかなーって思ってただけです」

するとと田尻は、分厚い薬剤カタログをパラパラめくりながら、こともなげに言った。

「優秀だと聞いてるけどな」

「マジですか？」

「うん、めっちゃくちゃ優秀な宴会部長って」

「え、宴会部長……」

がくり、と草太の身体が傾ぐ。田尻は、笑いながら話を続けた。

「うん。とにかく、遊び場所とかいい店とかに滅法詳しいから、みんな、宴会場所に迷ったり、彼女とのデート場所に困ったりしたら、梅枝に相談に行くって言うぜ。かくいう俺も、嫁との初デート場所を……」

「梅枝さんに紹介してもらったんですかっ？」

「いや、又聞き。梅枝がいいって言ってたぞっていうカフェを他の奴に教えてもらって、そんで誘ったら大ヒットでさ～。こんなお洒落《しゃれ》な店知ってるなんてって、彼女が俺に惚《ほ》れ込んじゃって、そっからおつきあいが始まったってわけだ。ま、間接的にではあるが、梅枝様々だな」

さりげなくのろける田尻にゲンナリしつつも、草太は一応、問いを重ねてみる。

「へ、へえ……。その、仕事のほうは？」

「さあ？　特に噂を聞かないとこみると、普通なんじゃねえの？　ま、研究職ってだけで、ベースラインでも十分賢いんだろうけどさ」

俺らとはもともとのおつむの出来が違うよと付け加えてあっけらかんと笑いながら、田尻はカタログを手にオフィスを出て行く。

「仕事の出来は普通で、宴会部長……なんだよ、ろくでもないじゃん」

何故か妙にガッカリした気持ちでひとりごちた草太は、閉じたと思った扉がすぐにまた開く音に、書類に落としかけていた視線をまた上げた。田尻が、すっかり丸くなってしまった顔を、中途半端に開いた扉から覗かせている。

「どうしたんですか？」

「おい、噂の宴会部長、今、作業室に入ってったぞ？」

「え？」

「何しに来たんだろな。まあいいや。ちょい、会議に行ってくる。誰かがカタログ捜してたら、俺が昼まで借りるって言っといて」

「わかりました」

今度こそ、田尻は姿を消した。皆が別々のプロジェクトに参画しているのが打錠室の常なので、正直なところ、田尻が今どんな仕事をしているのか、草太は把握出来ていない。ただ、打錠室員の仕事は基本的に「サプリメントの形状を決める」以外にないので、手伝いを命じられない限り、同僚の仕事内容を詳しく知る必要もないのだった。

「それにしても、梅枝さん、うちの作業室に何の用だろ。まだ、『毎日、これ二錠！』は試作の段階なんかじゃないし、他のプロジェクトにも噛んでるのかな、あの人。いや、まさかな。今回の、とびきりでっかい仕事だし。研究の人には掛け持ちはないよな」

ひとりでブツブツ言いながらも、草太はすぐに席を立って様子を見に行こうとはしなかった。

梅枝の来訪の理由は気になっていたが、顔を合わせれば、きっとまた「子猫ちゃん」呼ばわりされて不愉快な思いをするに決まっている。それに、これといって会いたい相手でもなし……もとい、極力会いたくない相手なのに、わざわざ会いに行く必要などこれっぽっちもない。

「そうそう。ほっとけばいいんだ」

自分にそう言い聞かせ、草太は資料にざっと目を通してみた。

茨木が届けてきた資料は、痒《かゆ》いところに手の届くような充実ぶりだった。「毎日、これ二錠！」の発売から昨年度までの売り上げの推移、広告資料などが、コンパクトにまとめられている。それにサンプルが一袋入っているのも、昨夜の実咲と同様の思いを、茨木が持っているからだろう。

「はあ……そっか。ここ五年ほど、売り上げがジワジワ落ちてるんだ。っていったってまだまだ凄いんだけど」

売り上げの推移を示すグラフを眺めつつ、草太は頬杖を突いた。

おそらく、このまま売り上げが盛り返すことはないと考え、忠岡統括部長は今回のリニューアルに踏み切ったのだろう。

発売時と違い、今は、様々な会社が……それこそ製薬会社だけでなく、他の様々な業態の会社までが、星の数ほどサプリメントを売り出している。実咲が今、試作を重ねている「スタリリーフ」のようなニッチなサプリならともかく、総合ビタミン剤は、今、あまりにも選択肢が多い状態だ。

「でも……リニューアルが必要なのはわかるけど、どうやるかが難しいとこだよな」

オフィスに誰もいないのをいいことに、草太は思考を声に出してみた。そのほうが、自分の考えを客観的に受け止められるような気がしたのだ。

「変なリニューアルをしちゃえば、新しいお客さんがつかないばかりか、今買ってくれてるお客さんまで離れちゃう可能性がある。古いお客さんをガッカリさせず、新しいお客さんを摑《つか》めるようなリニューアルか」

自分の言葉に、草太は小さく身震いする。

「怖いな……！　いや、僕よか、研究畑の人たちは、みんなもっとびびってるだろうけど。茨木さんとか、加島さんとか……梅枝さん……とか」

最後に面倒な男のことをいやいや思い出し、草太は溜め息をついた。

「茨木さんも加島さんも、いかにも優秀！って顔だったぞ。それに引き替え、梅枝さんは会議の最初から最後までへらへら笑っててさ。ったく、マジでプロジェクトの役に立つのかよ、あいつ」

そんな失礼極まりない独り言が終わるか終わらないかのうちに、実験用のバインダーを小脇に抱えた実咲がオフィスに戻ってきた。

「あら、お勉強?」

「はい。『毎日、これ二錠!』の資料、茨木さんが届けてくれたんで」

実咲は、椅子には掛けず、立ったまま机の上で電卓を弾きながら、草太を見ないで会話を続けた。

「ああ、第二課の茨木さん?」

「はい。一緒に仕事したこと、あります?」

「あるわよ、何度か。凄く温厚で頭がよくて、仕事をしやすい人だわ」

「へえ。……えっと、じゃあ、加島さんは?」

「ああ、第一課の。あの人、医薬研究本部から、一昨年くらいに移ってきたんじゃなかったかしら。だからまだ、同じプロジェクトになったことはないわね」

少し驚いて、草太は資料から実咲に視線を移す。

「医薬研究本部から? 何ですかその変な人事。左遷?」

実咲はやはり計算結果をルーズリーフに書き付けながら、小さく肩を竦めた。

「じゃなくて、本人が希望して移ってきたんですって。医薬のほうは生き馬の目を抜くみたいな世界らしいから、つらくなったのかもね。サプリだって勿論みんな真剣だけど、やっぱどことなく緩いじゃない、空気が」

「確かに。そっか……。加島さん、凄く真面目そうな人でした」

「そうね。医薬《あっち》から来たってことは、どのみち優秀なのよ」

「ですよね……。んっと……じゃあ」

一応、ついでだから実咲の梅枝評も聞いておくかと、草太は梅枝の名前を出そうとした。だがそれより早く、実咲は作業室のほうに顎をしゃくった。

「そうそう、第一課っていえば、梅枝さん来てるわよ。挨拶してきたら？」

「は？　何で僕が！」

思わず声を尖らせる草太を、実咲はむしろ不思議そうに見やった。

「何でって、同じプロジェクトにいる人が自分の職場に来てれば、普通挨拶くらいするでしょうに」

「うっ、そ、それは、そう、なんですけど」

「それに梅枝さんっていえば、前に論文の共著に室長だけじゃなく、わざわざ福島君の名前を入れてくれたんじゃなかったっけ？」

「そ、そうです」

「じゃあ、挨拶は当然だわ。お世話になった人なんだもの」

どこまでも正論を語る実咲に、とうとう返す言葉を失った草太は、仕方なくのろのろと席を立った。

「……うう、じゃあ、挨拶だけ」

「何めんどくさがってるの。さっさと行ってらっしゃい」

実咲は呆れ顔でそう言った。

これまでさんざん社内のあちこちで草太にちょっかいを出してきた梅枝だが、草太の知る限り、打錠室に来たことはない。というか、打錠室の人間が、試作品を持って研究開発部のオフィスを訪れるのが常なので、研究職の人間が、ここまで来る必要は滅多にないのだ。

だから、草太が梅枝に「子猫ちゃん」呼ばわりされていることを、実咲は知らない。草太の嫌そうなリアクションが理解できないのも当然である。

そして、何故梅枝を避けたいのか、説明する気もない草太は、重い足取りでオフィスを出た。作業室へ続く短い廊下が、今だけはやけに長く感じられる。

(とりあえず、様子を窺ってみるか)

二重扉を開けて作業室に入ると、錠剤成型機の前に平野室長と梅枝の姿があった。

(……あれ)

二人の顔がちゃんと見える場所まで足音を忍ばせて移動してみた草太は、意外な光景に目を見張った。思わず、眼鏡のセルフレームを両手で動かし、自分の視覚が正常であることを確かめる。

平野に何か説明を受けている梅枝の顔は、これまで草太が一度も見たことのない、真剣そのものの引き締まった表情だったのである。

小さく頷きながらメモを取る目つきは鋭く、いつも笑っている唇も、真っ直《まっす》ぐ引き結ばれている。

（あれ、ホントに梅枝さんだよな？）

信じられない思いで、草太は何度も目をパチパチさせた。

去年、出会って以来、どんなときも梅枝は笑顔で、軽口ばかり叩いていて、この人は、仕事のときもずっとこんなお気楽なテンションなのだろうと、草太は勝手に思い込んでいた。昨日の会議ですらヘラヘラした態度のままだったので、その誤解は無理もないと、草太は自分自身を弁護する。

だが今、目の前にいる梅枝は、部屋に入ってきた草太に気づかないほど真剣に、平野と語り合い、錠剤成型機に顔を近づけ、動きを見守っている。

平野が成型機から取り出した錠剤を受け取った梅枝は、子細に観察した後、カッターを借り、錠剤を二つに割って、さらに断面を観察する。その横顔は、いつもの梅枝とはまるで別人だった。

「なるほど、これで錠剤がリング状になるんですか」

梅枝は、金型が見えるよう、長身を斜めに折り曲げるようにする。平野も、シリコン手袋を塡《は》めた手で、金型を取り付けたあたりを指した。

「ああ、あくまで金型の問題だ。こいつぁリング状対応モデルだからな。金型を取り替えるだけで、丸でもリングでも打てる」

「ふむ。意外と簡単なんだな。リング状の錠剤ってのも、懐かしくていいもんですね。こういうお菓子や、喉の薬のとびきり甘い奴を、子供の頃に口に入れた記憶がありますよ」

「はは、確かに、うちのガキも、こんな形のラムネを食って、ピーピー鳴らしてたっけな。ちなみにそれも、粉糖を固めただけだ。食ってもいいぞ」

平野が機嫌良く相手をしているということは、梅枝がそれだけ真面目な聞き手だということ何よりの証拠だ。そういえば、仕事に対する姿勢がいい加減な人間は、それが誰であろうと「あいつは駄目だ」と切り捨てる平野が、梅枝を悪く言ったことは一度もない。

少なくとも、平野との仕事では、梅枝は常にあんなふうに真剣だった……ということなのだろう。

(何だか、やたらかっこいい人なんだな、梅枝さんって)

驚きのあまり、草太は挨拶も忘れ、梅枝の姿をひたすら凝視してしまっていた。

笑っていても真剣な面持ちでも、顔の造作が変わるわけでは決してない。

しかし、いつものイヤミな甘さや緩さが抜けた梅枝の顔は、意外なまでに端整だった。

そもそも目鼻立ちが整っているだけに、真摯な表情とパリッとした白衣が相まって、近寄りがたいオーラすら感じる。

(何だろ。ヘラヘラ笑ってるより、今みたいにしてるほうが全然いいのに)

そんなことまで考えてしまっている自分に気づき、草太は困惑に顔を赤らめた。

(な、何考えてるんだよ、僕は。梅枝さんがかっこよくても、僕には関係ないだろ!)

しかし、そんな心の声とは裏腹に、彼の心臓は、勝手に鼓動を速めている。思わず軽い眩暈《めまい》すら覚え、草太はすぐ近くにあった机に片手を突いた。その拍子に、机の上にあったプラスチックのボトルが床に落ち、乾いた音を立てる。

「うわっ!」

「!」

平野と梅枝は、同時に首を巡らせ、音のしたほうを見た。

「あ……」

床にしゃがみ、転がったボトルをどうにか拾った草太は、二人の視線を食らって、決まり悪さ満点の顔でそろそろと立ち上がった。机にプラボトルを戻し、両手をワキワキさせながら、とりあえず二人に頭を下げる。

「そ……その、すいません。邪魔、しました」

平野は、さっきの実咲同様、訝《いぶか》しげな顔で、指先をくいっと動かし、草太を差し招いた。

「今、リング状の錠剤の作り方を見せてたとこだ。長らくリング状錠剤なんぞ作ってなかったから、お前も見たことねえだろ。見るか？」

「あ……は、はあ」

草太は、おずおずと錠剤成型機に近寄った。梅枝は、そんな草太に軽くペンを持ったままの右手を上げる。

「よう、福島君。昨日の会議ぶりだな」

「⁉」

不覚にも、驚きのあまりピョンと飛び上がりそうになるのを、草太は理性を総動員してこらえた。

（なんて言った？　まさか、会議以外の時でも、僕のことを福島君、って呼んだ⁉）

幻聴かと、草太は大きな目を最大限に開いて、梅枝を見る。ほんの少し口元を緩め、しかし相変わらず精悍《せいかん》な表情のまま、梅枝は、爽やかと言ってもいいような口調で、再び繰り返した。

「福島君？　どうかしたか？」

「あ……い、いえ」

ふるふるとかぶりを振るものの、草太の口からは、まともな言葉が出てこない。

昨日の会議は別にして、草太はこれまで梅枝に「福島君」などときちんとした名前で呼ばれたことはない。初対面のときから、ずっと彼が草太を呼ぶ名は「子猫ちゃん」だったのだ。

今度こそ、心拍数は早鐘レベルに跳ね上がる。

（くっそ、何だこれ。反則だろ！）

無論、平野の前で「子猫ちゃん」呼ばわりされたかったわけでは誓ってないし、ここでその呼称を持ち出さなかった梅枝にも、最低限の礼儀はあったということなのだろう。とはいえ、いつもはまさに猫なで声で「子猫ちゃ〜ん」と呼んでくる彼が、やたら低くて音楽的な、けれど妙にストイックな声で自分の名字を自然に呼んだことに、草太は自分でも不思議に思うほどの驚きを覚えていた。

「あ、あ、あの」

それを草太の人見知りと理解したのか、平野は草太の頭に手袋のままで触れ、そのまま彼を強制的にお辞儀させた。草太は、頭を押さえつけられたまま、平野の声を聞く。

「うちの末っ子が世話になる。こいつひとりで仕事すんのは、これが初めてなんだ。見てくれよかずっとガッツのある奴だが、それでも迷惑かけるようなことがあったら、俺に言ってくれや」

そんな上司というよりは父親のような挨拶に対して、梅枝も慇懃に返事をする。

「いえいえ。今回のリニューアルは、若手の斬新な発想を期待してのメンバー選出だったみたいですし、そういう意味では、最年少の福島君のアイデアなんて、特に重要になると思いますよ」

「そうか？　ならいいんだがな」

そう言って、ようやく平野は手の力を緩めた。草太はゆっくりと頭を上げ、何とも落ち着かない様子でモジモジと立ち尽くす。

すると壁掛け時計をちらと見た平野は、手袋を外して草太に渡した。

「悪いな、梅枝。ちっとそろそろ業者が来て、打ち合わせがあるんだ。あとは、福島に説明させてくれ」

「えっ」

思わぬ展開に思わず後ずさる草太とは対照的に、梅枝はニッコリして頷いた。

「わかりました」

「福島、あと、頼むぞ。有核錠と、積層錠の説明がまだだ」

「あ……は、はい」

唖然《あぜん》としながらもどうにか草太が頷いたのを確かめ、平野は足早に作業室を出て行く。

今日は他に作業中の室員はおらず、広い作業室には、草太と梅枝だけが残された。

何だか梅枝の顔を直視するのが憚《はばか》られて、草太はもさもさと手袋を填めた。そして、逃げるように歩き出す。

「じ……じゃあ、有核錠作る機械は、こっちです。今、『スタリリーフ』用に調整済みなんで、勝手にいじれないんですけど」

「…………」

梅枝は返事をせず、しかしちゃんと草太についてきて、卓上の小さな錠剤成型機の前に立った。

「あの、それで……」

さすがに、視線を合わせないまま説明を続けるのは失礼だと思った草太は、勇気を出して視線だけを上げる。その目に映ったのは、やはり真剣な面持ちでメモ帳とペンを持った梅枝の姿だった。

「……あ……」

平野だけでなく、自分にもそんな顔をするのだと、草太は衝撃を受けてしまって絶句する。すると梅枝は、ようやくいつものクシャッとした笑顔になり、気障《きざ》に片目をつぶった。

「おいおい、そんな顔するなよ。俺だって、礼儀は心得てる。物を教わりに、君のテリトリーにお邪魔してるんだから、ちゃんとしなきゃって思ってたんだけど……そんなに嫌そうにされると思わなかった」

「え、いや、あの、嫌、とかじゃ」

「もしかして、俺の子猫ちゃんって呼んだほうがよかった？」

「そ……そんなわけないでしょうっ！」

草太は顔を赤らめて、手のひらで机を叩いた。

「だいたい、俺のって、なんですか、俺の、って！　僕は、梅枝さんの所有物じゃないですよっ！」

するると、梅枝はますます可笑《おか》しそうにくつくつと肩を震わせる。

「ありゃ、怒るの、そこ？　子猫ちゃんはOKなんだ？」

「そっちだって却下ですっ！　僕は人間ですから！　猫じゃないのは明白な事実です！」

平野がいなくなったのと、梅枝がいつもの彼に戻ったのとで、草太はいきおい普段の調子を取り戻し、ギャンギャンと怒り出す。それを楽しげに眺めつつ、梅枝は言った。

「やっと調子が出て来たな。けどまあ、ここではやっぱ、福島君って呼ぶわ。けじめだからな。で、積層錠ってのは、成分が二層、三層に分かれて地層みたいになってる奴だよな？」

「うう……そ、そうです」

何だかもう、自分がからかわれているのか教えを乞われているのかよくわからなくなった草太は、混乱したままで次の機械の前に梅枝を誘った。

「でも結局、そのあたりは金型と、手順の多さの問題なんです。積層錠は、一錠作るのに、層の数だけ、充填と仮圧縮を繰り返さなきゃいけないわけで……」

「ふむ。ちょっと面倒というか、手がかかるわけだな」

「そうですね。ただ、層ごとに色を変えると見栄えが凄くいいので、サプリでは今、けっこう人気です」

「ふむふむ。そうだな。断面がしましまになってると、目で、ああ成分がいくつも合体してるって感じられて、効き目が上がる気がする……かな?」

「たぶん。工場ではオートメーションでやっちゃうんですけど、ここでは一錠ずつ作るんで、層が綺麗に仕上がると、僕はちょっと嬉しいです」

仕事の話をしていると、少しずつではあるが、気持ちが落ちついてくる。梅枝も、それ以上草太をからかうことはなく、ただ仕事の話を続けた。

「この辺の機械は全部、粉末を圧縮して錠剤にするタイプだな。他の、あっちの機械は、どんなふうに使うんだ?」

「ああ、そうですね。あっちも今、試作中なんで、触れませんけど……少し大きいのは、ちょっと手の込んだ錠剤を作るんです」

「たとえば?」

「糖衣錠。昨日、島本さんがちょっと作ってみてましたけど、粉末を圧縮して作った錠剤を糖衣で包むことによって、口の中に不快な味が残らないようにしたり」

「ああ、漢方系は、糖衣だとありがたいよな」

「確かに。……あと、同じ糖衣でも、中身も粉末じゃなく、甘いドロップタイプにして、お子さんでも水なしで摂取できるようにしたり……ああ、あっちのは、カプセルとか、ソフトカプセルなんかも作れます。うち、わりとそっちは少ないんで、あんまり使いませんけど。でもほら、これはにんにくと卵黄油のソフトカプセルなんです。卵黄を思わせる黄金色にしてるんですけど、けっこう人気商品らしくて」

「ああ、見たことあるある。気になる臭《にお》いを、ゼラチンで閉じこめるってわけか」

「はい。ゼラチンは溶けるのが早いですから、胃ですぐ溶けて、胃内容物に混じり込みます」

　草太は、それぞれの薬のサンプルを見せながら、簡潔に説明する。

「錠剤といっても、色々あるな。これまで俺が扱ってきたのは、だいたいスタンダードな奴ばかりだったから、勉強になる」

　梅枝は、パッキングされたサンプル錠を、矯《た》めつ眇《すが》めつしながらそう言った。さっきより幾分リラックスしているが、それでもなお引き締まった表情に、草太の落ちつきかけていた心臓が、また活発化し始めそうになる。

　それを押しとどめるために、草太はわざと固い口調で梅枝に訊ねてみた。

「でも、どうしていきなり、ここに来て、錠剤のことなんか勉強してるんですか？」

「ん？　そりゃ勿論、今度のプロジェクトのために。これまでは、平野さんやら、他の打錠の人が考えて、提案してくれるサプリの形状を、わりとそのまんま受け入れてたんだけど、今回はさ……」

そこで梅枝は、言葉を切って草太を見る。その言葉の意味を理解するなり、草太は頭にカッと血を上らせ、憤然と言い返した。

「それ、僕が信用できないって意味ですか！　そりゃ、さっき室長が言ったみたいに、僕はひとりで仕事をするのはこれが初めてですけど、これまでだって、他の人たちについて、一生懸命仕事を……」

「あー違う違う。ゴメン、俺の言葉が足りませんでした。申し訳ないです」

どうやら、草太を宥めるときには丁寧口調になってしまうらしき梅枝は、両の手のひらを胸の前に上げて前後させ、まずは身振りで草太の怒りを鎮めようとした。しかし草太は、強張った顔で、ギリリと梅枝を睨む。

「じゃあ、どういうことですか！　僕の提案じゃ、どうせ話にならないだろうって思ったから、ここに来たんじゃないんですか！」

「いや、だから、そうじゃないんだよ。そうじゃなくてさ」

軽くウエーブした茶色い髪を片手で撫でつけ、梅枝は、困ったように天井を数秒見上げてから、草太に視線を戻した。彼としては普通に草太の顔を見ているのだろうが、百八十センチ近くある彼との身長差のせいで、どうも見下ろされているように感じられ、それすら草太には腹立たしい。

「じゃあ、何です。はっきり言ってください！」

刺々《とげとげ》しい顔で問い質す草太に、梅枝はやれやれと前置きしてからこう言った。

「看板商品のリニューアルだろ？　どうせなら統括部長がサンプルを受け取って、おおって感嘆の声を上げるくらい、魅力的なビジュアルに仕上げたいなと思ったんだ」

「え……？　それって、可愛い錠剤とか……？」

昨夜の実咲の言葉を思い出し、草太はつい、そんなことを口走った。梅枝はちょっと曖昧な微笑で小首を傾げる。

「可愛い……？　ああいや、そういう選択肢もあるのかな」

自分の発言の奇妙さに気づいた草太は、焦って首を振る。

「いえ、魅力的、でしたよね。僕もそう言おうと思って、間違えちゃって！」

「ああ、そう。うん、これからのサプリメントは、成分だけで勝負するんじゃ足りないと思うんだ。成分は凄くて当然っていうかさ。あとは付加価値も同じくらい重要だ。パッケージとか、製品名とか、あと、コピーとか、錠剤自体の形状も」

「うわ、そんなに、何もかも決めなきゃいけないのか……」

わかっていたつもりでも、他人の言葉を聞くと、これから皆で考えなくてはならないことの煩雑さに、草太は茫洋《ぼうよう》とした気分になってしまう。そんな彼を慰めるように、梅枝は言った。

「まあ、そのために七人もメンバーがいるんだ。三人寄れば文殊《もんじゅ》の知恵だけど、七人寄れば七福神、あるいは白雪姫親衛隊だ。どうにかなるよ」

「そんな気休め……」

「いやまあ、そうなんだけど。とにかく、ここに来て、色んな錠剤を見せてもらって、アイデアを膨らませる余地ができたよ。来てみてよかった」

「……そう、ですか。あの、すいませんでした。僕、変なことで怒っちゃって」

いくら梅枝が苦手だといっても、さっきの言いがかりをなかったことにはできない。草太は、正直に謝って、ぺこりと頭を下げた。

すると梅枝は「いやいや」と言った後、やけに照れ臭そうに頭を掻き、そして斜め上を見ながらボソリと言った。

「あと……まあ、こういうの言っちゃうと意味ないんだけど、いざってときに備えたかったんだよね、俺」

突然、奇妙な態度を見せた梅枝に、草太はキョトンとする。

「いざってとき？」

「だからさあ」

今度は高い鼻の頭をポリポリ掻きながら、梅枝は視線を彷徨わせる。

「さっき平野室長も言ってたけど、福島君、自分ひとりで打錠の仕事するの、今回が初めてだろ？」

「は……はい」

「普通のプロジェクトチームだと、誰かが断然年上で、イニシアチブはその人が取るけど、今回は違う。いくら統括部長が責任者だっつっても、プロジェクトリーダーは茨木だし、他のみんなも若手ばっかりだ。言ってみれば、みんな同列で寄ってたかるわけだろ？」

「同列っていうか、僕、まあ、他の人より年下ですけど」

「たいして変わらないって。だから、福島君が迷ったとき、誰もこう自信を持ってアドバイスできないなあ、とか思ったわけだ」

「……はあ？」

「いや、そりゃ勿論打錠室の先輩たちに訊きゃあたいていのことは解決するだろうけど、君の性格だったら、そういうことはせずに、ひとりで悩んで答えを出そうとするんじゃないかと思ってさ。……その、あんまりがっつり組んで仕事したことはなくても、見るからに意地っ張……いや、意志が強そうだから」

　具合の悪い言葉を巧みに誤魔化して、梅枝はようやく草太の顔をまともに見る。眉毛をハの字にして、ちょっと情けない顔で笑う梅枝に、彼の意味するところがまだ理解できない草太は戸惑いを隠せない。

「えっと……つまり、どういうことです？」

するとと梅枝は、何か思いきった様子で、凄まじい早口で一息にまくし立てた。

「だからさ。そういうとき、プロジェクトの仲間として、ちょっとくらいは役に立てたらいいなって、そういう下心も……あったわけ。だってほら、他の奴らとは、今回初仕事だろ？　だけど俺とは、前に掠《かす》る程度とはいえ、何度か仕事したことあるわけだし、俺なら声かけやすいかなー、なんてうぬぼれもあって！」

「ま……まあ、確かに？」

「だけど俺、君には嫌われてるだろ。だからこそ、そういうときに君の役に立てたら、俺の株もちょっとくらいは上がるかなー、そのためには打錠の知識を身につけとくに越したことはないと。あああ、なんかこういうの、言っちまうとやっぱ格好悪い！　超絶格好悪い！」

両手で頭を抱えた梅枝は、羞恥に耐えかねた様子で深い溜め息をついた。

「はー、黙ってかっこいいとこ見せれば、ちょっとはさまになったのに、俺、肝腎なとこでいつも詰めが甘いのよ」

「……は、はあ」

よくわからないが、梅枝は、どうやら自分の勉強のためだけでなく、草太の力になりたいと思って、今、ここに来ているらしい。

だが、それに対して草太が何か言う前に、梅枝はボサボサになってしまった髪を直すこともせず、「ごめん、帰る。明後日の会議で、またね！」と言いながら、作業室から逃げるように出て行ってしまった。

あとには、半ば放心した草太だけが残される。

「ええと……つまり、梅枝さん、僕の力になろうとしてくれた……ってこと？　何だか後半、よくわかんないこと言ってたけど」

幸か不幸か、梅枝があまりにも早口な上、しどろもどろだったために、草太は、梅枝の言葉をすべて聞き取ることができなかったらしい。

ゆっくりと手袋を外しながら、草太は思わずスツールに座り込んだ。

「何だったんだ、この数十分」

軽薄で、ヘラヘラしていて、ちゃらんぽらんで、失礼。

ずっと胸の内にあった梅枝へのネガティブなイメージが、中途半端に引っ繰り返された気がして、草太は混乱していた。

あんなに真剣な表情は見たことがなかったし、オフィシャルな場では、草太にもきちんとした態度を取ってくれると知った。当たり前ではあるのだが、仕事に真摯に取り組む姿勢も見えた。

思ったよりは、ずっとまともな、善良な人なのかもしれない。

（でも、二人になったら、いっぺんだけだけど、やっぱ俺の子猫ちゃんって言った。そこはちょっとな）

いくら草太がお人好しでも、たった一度のことで梅枝の悪いイメージを覆すことはできない。だが、昨日の会議で、プロジェクトに梅枝がいると知ったときの嫌悪感と失望は、草太の心の中でずいぶん薄れていた。その代わりに、梅枝への興味が、どうしようもなく湧き上がってきている。

「何だか……よくわかんないけど、百パー嫌なヤツだと思ってたら、いいとこもちょっとくらいはあるってことかな。いや、いいとこ、捜せばもっとあるのかも……？」

自分の心にそんなふうにおさまりをつけて、草太はちょっと勢いをつけて立ち上がった。

そして、それでもまだ首を捻りつつ、資料の続きを読むべく、オフィスへもどっていった。

三章　勝手に揺れ動く

金曜日の午後一時、会議室には「『毎日、これ二錠！』リニューアルプロジェクト」のメンバーが顔を揃えていた。

長丁場を予想してか、自社製品の健康茶の小さなペットボトルが、それぞれの席に置かれている。

前回が顔合わせだけだったので、七人のメンバーはまだ少しぎこちない雰囲気で挨拶を交わし、チラチラと互いに様子を窺うばかりだ。

前回の会議で宣言したとおり、責任者である忠岡統括部長の姿はなかった。本当に、最後の最後まで、すべてを若い世代に任せるつもりなのだろう。

「時間が来たので、始めましょうか。皆さん、時間どおりに集まってくださってありがとうございます。今後もこの調子でお願いしますね」

自然と場を仕切るのは、プロジェクトリーダーの茨木である。穏和な口調と表情に、室内の空気が目に見えて和らいでいく。

ただ、事前に茨木から「最年少ということで、みんなのために少し骨折ってもらえますか？」と書記を頼まれた草太だけは、ノートパソコンを机上に据え、緊張の面持ちでキーを叩いていた。

パソコンの傍らには、ボイスレコーダーも準備されている。あとで、パソコンに打ち込んだ文言とボイスレコーダーの録音を照らし合わせて、議事録を作成するのが草太に任せられた大切な仕事である。

（僕、今日は議論どころじゃないかも）

席は自由にと茨木が言うなり、梅枝がいそいそと飛んで来て隣に座ったのだが、今はそれを気にする余裕など草太にはない。幸か不幸か、梅枝が幸せそうな顔で自分を見ているのにも、草太は気づいていなかった。

茨木は、水曜の朝に全員に配った資料などについてひととおり話してから、いよいよ今日の本題に入った。

「さて、ここからは皆さん、リューアルの方針について、自由に発言していきましょう。一ヶ月というタイトなスケジュールではありますが、プロジェクトの根幹を作る大事な段階ですから、許される限り、討論の時間をとりたいと思っています」

皆、口々に小さな同意の声を上げ、草太もキーボードを叩きながら頷く。

「どんなに馬鹿馬鹿しいと思われるアイデアでも、そこから何か光るものを汲《く》み取れるかもしれない。発言する人は勇気を持って、聞く人は、決して相手の言葉を頭ごなしに否定しないよう、まずは受け入れる努力をしてください。では、誰か口火を……」

「はいはいはい！」

　茨木を遮るように元気よく声を上げ、手を挙げたのは、営業部の八尾だった。やはり営業部だけあって、場を盛り上げるテクニックには長《た》けているのだろう。茨木も、少し嬉しそうに「どうぞ」と発言を促した。

「そのー、火曜日の忠岡統括部長のお話だと、『毎日、これ一錠！』をもっと広い世代の人に、あと女性にも愛用してもらえるようにリニューアルしろってことでしたけど、営業的には、やっぱこれまで愛用してくれてた層は、今後とも大事にしたいと。まあ、言い方悪いですけど、安全パイはキープしときたいっていうか」

　ね、と同意を求められ、もう一人の営業部員であり、プロジェクト最年長メンバーである三十六歳の安治川《あじがわ》は、やわらかな関西弁で、しかしはっきり後輩の意見を肯定した。

「せやね、あと、ネーミングもダサいって言われとったけど、カリノのサプリは、ネーミングがダサい、でもわかりやすいっていうのが、ある意味伝統であり、売りであり、強みでもあるんやな。それをお洒落にしてまうと、むしろ、他社とかえって差別化がはかれへんようになるんやないかと」

　すると宣伝部の三島も、小さく手を挙げると同時に発言した。

「ああ、それは宣伝部としても、二点ともについて同意です。長年の顧客である方々を粗末にするようなことはできませんし、ネーミングに関しても、カリノといえば、ユニークな商品名というイメージがお客様の中に根付いていますので、そこは守っていきたいですね」

（あれ。何だか、やけにコンサバな意見が相次いでるな）

皆の発言を書き留めるべく、一生懸命キーを叩きながらも、草太はふとそんなことを思った。案の定、難しい顔で口を開いたのは、研究開発部第一課の加島透だった。

「それは、極論を言えば、リニューアルをする必要がないと考えているということだろうか。茨木から貰った資料によれば、売り上げは、悪くないながらもこの五年ずっと下がり調子だ。このままでは、いずれカリノのお荷物になる。それでも、既存の客を確保しながら様子を見るべきだという主張なのだろうか？」

加島は三日前と同じように、淡々と疑問を呈した。

おそらく挑発する意図など欠片もなく、ただ素直な印象を語っているのだろうが、あまりにも言葉を飾らないのと、ニコリともしないあたりが尊大に感じられたのだろう。安治川は、少なからずムッとした様子で即座に言い返す。

「そんなことを言ってるんやない。研究畑の人はわからんやろうけど、営業は、売ってナンボなんです。あんましガラッとリニューアルして、これまでのお客さんにガッカリされてしもたら、終わりなんですわ」

「ふむ……。しかしそれでは、思いきったリニューアルは不可能だ」

加島は軽く眉根を寄せ、八尾は先輩を援護するつもりか、ますます声を張り上げた。

「そんなこと言ったって、守るべきものは、守らなきゃ！　三島さんもそう思うでしょ」

「そうですね。若いセンスで思いきってって言われたって、やっぱり歴史のある商品ですし、何もかもを引っ繰り返すってわけには……。それに、頂いた資料で勉強した分には、今だって、決して成分については、他社製品に引けを取るものじゃありませんよね？　だったら、成分について大規模な変更を加える余地って、実はないんじゃありません？　どうなんですか、研究のほうの方々に、逆にお伺いしたいんですけど」

八尾と違って落ちついた口調で、しかし三島は鋭い質問をぶつけ返してきた。何となく、サプリを作る側と売る側の対決めいた雰囲気に、草太は手を休めず、しかしオドオドして双方を見比べる。

一方、紛糾する会議には慣れているのか、茨木は柔らかな物腰を崩さず、加島に声を掛けた。

「加島、今のは否定ではなく、純粋な疑問だね？」

「無論だ」

加島も、真顔で頷く。小さく頷き返して、茨木はこう言った。

「その疑問に、安治川さんも八尾君も三島さんも、クリアカットに答えてくれた。今度は、我々が彼らの質問に答える番だよ。……まずは僕からお答えしますが、僕は、総合ビタミン・ミネラル剤として、『毎日、これ一錠！』は今でも申し分ないサプリだと考えています。ただ、総合的なバランスがよすぎて、新しい顧客を獲得するには、際だったアピールポイントを見いだしにくい。何かを付加して、それを売りにできれば……と思います」

加島にはちょっとした反感を持ったらしき三人も、リーダーであり、慎重に言葉を選ぶ茨木には、素直に耳を傾ける。

三島は、長めの前髪を掻き上げながら、うーんと小さく唸《うな》った。

「たとえば、どんな成分を付加したらいいと思われます？」

「そうですね。色々考えてはみたんですが、本気で必要そうなものは、既に入っているんですよね。ですから……あとは、女性をターゲットとして考慮するなら、コラーゲンやセラミド、ポリフェノール、ローヤルゼリー、セサミンなんかでしょうかね」

三島はさらに唸って、小首を傾げながら、手にしたボールペンを綺麗にチークをつけた頬に当てる。

「うーん。そのへん、わりとよく聞くんですよね。失礼ですけど、ありふれてるっていうか。それに、女性には魅力的かもしれませんけど、男性には、せいぜいセサミンとローヤルゼリーくらいしかアピールしないかな。そのくせ、追加分のせいで値段が無駄に上がっちゃって、逆に敬遠されることになるかもです」

そう言われることは予測済みだったのか、茨木も眉尻をちょっと下げ、困った顔で微笑する。

「ですよね。もとの製品が十分素晴らしいということと、幅広い顧客層に魅力的なものを、という二点において、僕としても、考えあぐねているというのが正直なところです。じゃあ、次、梅枝はどう考える？」

話を振られた梅枝は、ニヤリと笑って、広い肩を揺すった。

「うーん、研究畑が立て続けに喋るよか、ちょいと違う部門の奴の話を聞いてみちゃどうかな」

「というと……」

「そ、打錠の福島君。このやり取りを踏まえて、君はどう思う？」

「……………えっ？」

書記に専念していて、自分が発言を求められていることにしばらく気づかなかった草太は、打ち込みがそこまで追いついて、やっと驚きの声と共に顔を上げた。六人の視線が自分に集中しているのに気づくなり、緊張で幼い顔が真っ赤になる。

「え、ぼ、僕は」

「落ちつけって。君がこの三日で考えてきたことを、正直に話してくれればいいんだからさ。ブレインストーミングは、言ったもん勝ちだぜ?」

「で、でも。僕は最後で……」

怖じ気づいた草太はそう言ったが、梅枝は妙に強い口調で、草太を励ました。

「ダメダメ。若い力っつったら、福島君がいちばん若いんだ。君から見りゃあいささかおじさんな野郎どもに、ガツンと言ってやれよ。ほら」

「そうだよな。研究の人の意見は、大きな違いはなさそうな雰囲気だし、打錠さんの話も聞いてみたいな」

八尾も、興味津々で草太のほうに身を乗り出した。学生時代はラグビーをやっていたという彼の顔には、「お前はどっちにつくんだ」と追及するような表情もまた浮かんでいる。

草太はキーボードからそろそろと離した手を、腿《もも》の上に置いた。そして、就職の面接でも受けているような悲愴《ひそう》な顔で、正面にいる茨木の白衣の胸元を見ながら、躊躇いがちに口を開いた。

「僕……は、成分の善し悪《よあ》しは、よくわかんないです。でも、錠剤がつまんないなー、とは思いました」

皆、その言葉にはキョトンとする。一同を代表して質問したのは、やはり無表情の加島だった。

「錠剤がつまらないとは、いったいどういう意味だ?」

「そっ……それ、は」

責められているのでないとわかっていても、きつい口調に、草太は竦んでしまう。すると、ふと草太の右手に、温かなものが触れた。

「ん？　……ッ!?」

視線を落とし、その原因を目にした瞬間、草太は小さく息を呑《の》む。

実にさりげなく……決して誰からも見えないように、梅枝は自分の左手を草太の右手に重ねていたのである。

（な……な、な、何だよっ）

皆の手前、大事な会議中に、こんなことで大声を上げるわけにはいかない。かろうじて悲鳴を飲み込んだ草太は、さりげなく右手を引っ込めようとした。だが梅枝は、一回り大きな手でガッシリと草太の右手を押さえ込み、逃がさない。

（何のつもりなんだよ、こいつはっ！　変態か！）

一昨日、少しだけ梅枝を見直した自分を大いに悔やみつつ、草太は梅枝をギッと睨みつけた。だが当の梅枝は、前を向いたまま草太のほうを見ようとせず、ただ長い指を動かして、草太の手の甲をとんとんと軽く叩いた。

（……あ……）

草太は思わず、重ね合わせた互いの手と梅枝の顔を見比べた。

梅枝の横顔は、いつものように気障な笑みを浮かべているが、指の動きは、驚くほど優しい。母親が幼子をあやすような規則的なタッピングのおかげで、草太の心は不思議なことに落ち着きを取り戻しつつあった。

（もしかして、梅枝さん……僕のこと、励まそうとしてくれてる？）

そんな疑念に応えるように、梅枝はちらと草太を見て、電光石火の素早さでウインクしてみせる。

「！」

自分でも奇妙なのだが、梅枝の手の重みと温もり、そして鼓動に合わせた穏やかな指の動きが、草太には何よりも心強く思われた。

「福島君？　続きをどうぞ」

茨木は、そんな草太を不思議そうに見ながら先を促す。

突然の沈黙を皆が訝しんでいるのは明らかだ。これ以上黙っているわけにはいかない。

梅枝など虫が好かないと思っていたくせに、その彼が自分の味方でいてくれることに背中を押されて、草太はどこか少年めいた澄んだ声を張り上げた。

「僕も、たった三日ですけど、『毎日、これ二錠！』を飲んでみたんです。昨日くらいから、気分的なことかもしれませんけど、寝起きがスッキリしてる気がします。ただ……さっきも言ったように、錠剤がつまらない。アルミパックから手のひらに出したとき、全然ワクワクしないですよね。そう思いませんか？」

皆、唖然《あぜん》とした顔つきで、互いに視線を交わし合う。

「す、すいません。僕、くだらないこと言いました……？」

「ああいや、その発想はあれへんかったなー。いやまあ、確かに地味な錠剤やわ。薄黄色い錠剤に、プチプチ白やら茶色やらの点々が混じってるだけでなあ。ははは」

営業部の安治川は、ちゃんと「毎日、これ二錠！」の現物を持参していた。錠剤を二つ、自分の手のひらに出して、人懐っこい顔で笑う。八尾も、ふうむ、と興味深そうに腕組みした。

「そっか。中身はともかく、錠剤をもっと魅力的にするってのも手だよなあ。こないだ、福島君が言ってたみたいな、しましまの錠剤とかさ。あ、これ面白いとか、見るからにいっぱい成分が入ってそうとか、実感できるの、わりと大事かも」

皆が呆れているのでないと知って、草太は少しだけ安心して深呼吸した。まだ、自分の右手が梅枝の左手の下にあることは、すっかり忘れている。

「はい。たとえば、錠剤を二種類にするとかしたら、もっとこう、変化がつくかな……とか、そんなことを考えてました」

勇気を出してそう提案してみたが、それはあまり魅力的な提案ではなかったらしい。加島が、静かに口を挟む。

「ビジュアルを魅力的にするというのは、パッケージ改良と共に有効だと思うが、錠剤を二種に分けるのは、かえって煩雑ではないだろうか。一錠ずつ、違う錠剤を出して服用してもらうわけだろう?」

「うっ、そ、それはそうですよね。わざわざ、一錠にまとめられる成分を二つにわけるのも、無駄、ですもんね。やっぱり中身で勝負、なんでしょうか」

「成分を足すことは、僕も考えた。まさしく、さっき茨木が言ったようなものを。……だが、広い年齢層、男女両方にアピールする成分は、そう多くない上に、もう他社がそういうものを配合したサプリを出しているのも事実だ。正直、行き詰まるな」

「うう……そ、そうですよね。すみません」

この三日、必死でリニューアル案を考えたのだが、いざ発表するときになると、上手く言えなかったばかりか、あまり冴えたアイデアでもなかったという自己嫌悪に、草太はシュンと項垂《うなだ》れてしまった。

いったん明るくなりかけた場の雰囲気も、また暗く沈みかける。

だが、それを勢いよく打破したのは、他ならぬ梅枝だった。

「いいんじゃね、福島君のアイデア。俺のといい具合に響き合うんだよね、ビジュアル改善ってポイントで」

「えっ?」

ふいに彼の口からでた呑気な台詞に、草太だけでなく、皆、呆気《あっけ》にとられる。

「どういうことや、響き合うて？」

安治川は、やや胡散臭《うさんくさ》そうに梅枝を見る。

「言葉のとおりですよ」

後は引き受けたと言わんばかりに、最後に一つポンと草太の右手を叩いて、梅枝は左手を離した。そして、自分の机の上に置いてあった「毎日、これ二錠！」のパッケージを取り、皆に示した。

「購買層のデータを見る限り、このサプリの主な購買層は、かつてバブル期、猛烈に働いていた、当時三十代、四十代の男性です。その頃に発売されたこのサプリを、ありがたいことに延々と愛用してくださっている」

安治川も、それをはっきりと肯定する。

「せやな。そこがいちばん根強いお客さんや。せやから僕らも、そういう年代を大事にしたいっちゅうてるねん。つまり、今、五十代、六十代の男性や」

「はい。それを考えると、ですね。発売当時は、忙しい仕事の片手間に、さっと出して二錠飲めば事足りる、このサプリの利便性、機能性が、大いに評価されたわけです」

加島も、やはり真顔で頷く。

「確かに。だが、それがどうした？」

梅枝は、どこか楽しそうな笑顔で草太を見てから、いっそう明るい声で言った。

「でも、そうした世代も、さっき安治川さんが言われたように、もう五十代、六十代だ。年齢的にも、時代的にも、かつてのように寝る間も惜しんで働くようなライフスタイルじゃないでしょう。つまり、二十年前より、ずっと時間がある」

ということは……と、梅枝は、実にさりげなく立ち上がった。そして、両手を机に突き、顔を引き締めて、力強く主張する。

「ならば！　同じ錠剤を二錠出して飲むだけ、というこのサプリの最大の長所が、意味をなさないんですよ。そうした層のアンケート結果を見ると、さらに他のサプリを買い足して、一緒に飲んでいる人が多い！　そこに皆さん、気がつかれましたかね？」

「あっ」

三島は資料を慌ただしくめくり、口元を片手で押さえた。

「やだ、ホントだ。これってもしかして、『毎日、これ二錠！』だけじゃ、物足りないってこと？　その、たぶん成分的なこともさることながら、二錠だけの手軽さが、逆に不安を招いてる可能性が、ある……？」

「そのとおり！」

まるで政治家が演説するような調子で、梅枝は三島を讃《たた》えるように片手を上げた。

「サプリってのは、一度飲み出すと、あれもこれもと増やしたくなるのが人の心ってもんです。やれグルコサミンだ、やれコラーゲンだ、やれイチョウエキスだと、足していけばきりがない。だったらいっそ、我々が出すサプリだけで、満足させてあげるのも手じゃないですかね」

「あの……僕たちのサプリだけでお客さんを満足させるって、どうやって？」

おずおずと問いかけた草太に、梅枝は歌うような調子で答えた。

「君が言ってたことじゃないか、福島君」

「えっ？」

「ビジュアルだよ！　いっそ、これまで二錠にまとめてたものを、色んな錠剤で揃えてやればいい。一日分をパック詰めすれば、服用も携帯もたいして手間じゃないだろ？　むしろ、一日分を持ち歩くのが、より簡単になる。小旅行にもピッタリだ。これが、俺と福島君のアイデアを合わせてどーんと出した、素敵提案なんだけど、どう？」

「ええ……っ？」

あまりにも目から鱗《うろこ》の発想に、草太は鳩《はと》が豆鉄砲を食ったような顔で絶句した。三島が、いかにも宣伝部らしい異議を唱える。

「でも、梅枝さん！　それじゃ、『毎日、これ二錠！』じゃなくなっちゃいますよ」

だが梅枝は、少しも動じなかった。再び椅子に座り、平然と言葉を返す。

「リニューアルする以上、その商品名にこだわる必要もない。っていうか、三島さん。いっそ、『毎日、これ一パック！』いや、『毎日、一パックで完璧！』なんて名前にしたら、元の製品との繋《つな》がりも見えるんじゃないかな〜なんて俺は思うんだけど。ネーミングも伝統のダサさだけど、パッケージでそこはカバーできるだろ。ね、宣伝部的にどうよ？」

三島は、梅枝のアイデアを噛み砕《くだ》くように天井をぐるりと見回してから、小さく頷いた。

「うん、ちょっと楽しいですね、それ。確かに、進化した！って感じを出しやすいです。だけど、色んな錠剤って……」

そこは打錠の領域だけに、草太が身を乗り出す。

「あのっ！　そ、それは、色々できます。色も形も、あと中身によってはソフトカプセルなんかも！　成分をいくつかのグループに分けて、それぞれに最適な色と形状を選べば、ずいぶんカラフルなパックができると思います」

三島は、ますます楽しそうに、営業部の二人を見る。

「わあ、それ、ちょっと私の頭にはない発想でした！　錠剤の数が少ないのが売りだから、そこは崩しちゃいけない、むしろ一錠にしてもいいんじゃない？　って思ってたくらいだったから、真逆のアイデアって新鮮。営業さんはどうですか？」

安治川も、愉快そうに草太を見た。

「やっぱり、若いっちゅうんは凄いなあ。完璧な発想の逆転や。なるほど、錠剤の数が少ないせいで、有難みが薄いっちゅうことか。逆に、手のひらにずらーっと並べてみせたら、こないたくさん、身体にええもん揃えてくれてるんや、他はもう要らん。そう思えるわな」

「はいっ」

ひたむきに頷きつつ、草太は思わず傍らの梅枝を見た。彼が、一度は死にかけた草太のアイデアを拾い上げ、持論を足して、見事に光を当ててくれたのだ。

(こないだ、打錠室に来たときも思ったけど……この人、仕事に関しては凄く真面目で、冴《さ》えてるんだ。……それに、僕のこと、励まして、助けてくれた)

初めて草太の胸に、梅枝への心からの感謝の念が生じた。だが、それに水を差すように、八尾がやけに冷静な発言をする。

「そりゃ凄くいいけど、かといって、中身が一緒ってわけにはいかないでしょ。そこはこう、目新しい新成分、何かないんすかね？　いや、ないと困るっすよね？」

誰とは明言せずとも、それは研究開発部の三人に、再び突きつけられた質問である。

茨木は、躊躇わず加島を見た。

「どうかな？　具体的なアイデアをまだ言ってないのは、加島、君だけだけど」

「……そうだな。わかった」

加島は小さく咳払いして、ポーカーフェイスで……それでも少しは緊張しているのか、ずれてもいない眼鏡を掛け直してから口を開いた。

「実は、会議前に考えていたことは、茨木と大差ない。だが、梅枝と福島君のアイデアを聞いて、ふと、客層ごとに、商品のバリエーションをつけてもいいのではないかと思った」

「というと？」

茨木は興味深そうに先を促す。加島は、つと席を立ち、ホワイトボードの前に立った。マーカーを手に、サラサラと図を描き始める。

「つまり、基本のサプリセットを、既存の『毎日、これ二錠！』の成分と仮定する。それに、若い男女、熟年世代の男女、高齢の男女……それぞれに有効な成分を追加して、別の商品とするのはどうだろう」

「ああ、なるほど。このサプリで、ラインナップを組むわけですか。それは、生産ライン的にはどうなのかしら」

三島に視線を向けられ、草太は首を傾げながらも答える。

「基本セットにそれぞれ追加を……ということであれば、不可能じゃないと思います。勿論、今の『毎日、これ二錠！』に比べたら、ずっと手間要りですし、単価もある程度上がるとは思うんですけど……」

三島は、なおも考え考え言った。

「それに、ラインナップが、今のアイデアだと最低六種類ですよね。店舗展開が煩雑にならないかしら」

それに答えたのは草太ではなく、安治川だった。

「それは逆に、強みになるかもしれへんな」

「強み？」

数人の声が、きれいにシンクロする。安治川は、自分もホワイトボードのところに行き、縦長の長方形をいくつかに分割した図を描いた。

「単価が上がっても、錠剤の数が増えて、成分が増えたら、だいぶ充実感、お得感が出るやろ。それに、六種類あったら、こっちも販売用のグッズとして、こういう専用ホルダーを作れる。つまり、店舗ごとに、このサプリの専用コーナーを作ってもらえるっちゅうことや」

「ああ、それは素敵かも。宣伝コピーや凝ったデザインをホルダーに施すこともできますよね？」

「できるできる！　ただやっぱし問題は、追加成分やな。さっきリーダーが挙げたようなんは、どうにもこうにもありきたりや。何ぞ、がーんと売りになるもんがほしいなあ」

その安治川の切実な……願いにも似た発言に、皆、思わず天井を仰《あお》ぐ。

「若い世代はネット社会に生きてますし、お年寄りも目は大事ですから、ブルーベリーなどといった、目をサポートするサプリを追加することは、ありきたりでも有効だと思いますね。資料によると、そのあたりを買い足している方が非常に多いようですし……」

しばしの沈黙を破った茨木のそんな発言を皮切りに、再び議論は白熱していった……。

そして、会議は一度小休止を挟んだだけで、午後六時過ぎまで続き……。

かなり議論が煮詰まったところで、茨木が壁の時計を見やってこう言った。

「今日は、ずいぶんいい感じで話が発展しましたね。でも、今持てるアイデアは、そろそろ話し尽くしたかもしれません。ひとまず今日の会議は切り上げ、親睦会に移りましょうか。アルコールが入れば、また違うアイデアが湧いてくるかもしれませんしね」

その提案には、さすがに消耗していた全員が、歓声と共に同意する。

草太もようやくキーを叩き続けた手を休め、ボイスレコーダーを止めて、ほうっと息をついた。セルフレームの眼鏡を外し、ノートパソコンの液晶画面を凝視し過ぎてしょぼつく目を、ゴシゴシと擦《こす》る。

「おいおい、そんなことしてると、結膜炎になるぜ、子猫ちゃん」

会議が終われば構わないだろうと言わんばかりに、隣の席から梅枝の声が飛んでくる。だが、いつもなら眉を逆立てて怒るであろう子猫ちゃん呼ばわりにも、今日の草太は、腹を立てる気になれなかった。

「あの……ありがとう、ございました」

ガタガタと親睦会に行くべく会議室を出て行く面々をよそに、草太は席に座ったまま、同じく自分の席で長い足を組んでいる梅枝に、ぺこりと頭を下げた。梅枝は、キョトンとした顔をして、自分を指さす。

「あ？　俺に言ってんの、それ？」

「はい。さっき……僕のアイデア、拾って膨らませてくださって、ありがとうございました」

「わお。感動だな。君からお礼を言われるなんて、夢みたいだ」

まるで舞台役者のカーテンコールのような大仰さで、梅枝は白衣の胸に手を当てる。草太は、顔を赤くして抗弁した。

「僕は、礼儀知らずじゃありません！　お世話になったら、お礼くらいはちゃんと言います！」

「ああ、そりゃわかってる。俺の子猫ちゃんは、とびきり気立てのいい子なんだ。だけどさ、やっぱ、いちばん大事な子からありがとうなんて言われたら、胸に刺さるだろ？」

「……っ、また、そういうことを……っ」

いくら会議は終わったといっても、職場でそんな睦言を平気で口に出来る梅枝の神経が信じられなくて、草太はつい声を尖らせた。だが梅枝は、涼しい顔つきで綺麗に笑ってみせる。

「だって、ホントのことだからな。俺、嘘はつけない性格なんだ。だから、この口から出る言葉は、ぜーんぶ真実」

「だから、そういういいかげんなことを……っ」

「あ、ニキビ、綺麗に治ってんな。よかった。あの薬、よく効いたろ?」

「う……あ、は、はい」

怒りの矛先を巧みに逸《そ》らされ、草太は怒りと羞恥で赤らんだ顔のまま、モゴモゴと再度お礼を言う。

「そっちも、ありがとうございました。おかげで、早く治りました」

「だろだろ? けど、ニキビが出来るのは、身体の中のあれこれのバランスが崩れてる証拠だ。『毎日、これ一錠!』飲み始めたって言ってたけど、それもよかったのかもだな」

「あ……そういえば」

「何にせよ、ニキビが治って、寝起きがよくなったとくりゃ、文句なしだ。可愛い顔でスッキリ起きてくる子猫ちゃんを、早くこの目で見てみたいもんだねえ」

「だからー! そういうこと言うのはやめてください!」

「だって本心だもーん。何にせよ、書記役お疲れ。さっ、親睦会に行こうぜ」

勢いをつけて立ち上がった梅枝は、さっきは草太の手に重ねられていた大きな左手で、草太の柔らかな髪をくしゃくしゃと勢いよく撫でた。そして、仕上げにポンと頭を軽く叩くと、草太がまた怒りの声を上げる前に、会議室を出て行ってしまったのだった……。

てっきり、駅前のくだんの居酒屋チェーン店で開かれるとばかり草太が思っていたプロジェクト親睦会は、駅にほど近い小料理屋で開かれた。

小料理屋といっても、一見、普通の民家のようで、暖簾《のれん》も看板も出ていない。まさに、隠れ家にも程がある状態の店である。

引き戸を開けると、カウンターと、小上がりだけのこぢんまりした、けれど清潔感のある店が現れる。その小上がりの座敷に、七人は案内された。

他に客はいないので、まさに貸切状態である。

「はい、皆さん掘りごたつで足を楽にしてね。飲み物は、まず乾杯はビールでいいかな。あとは、おのおの好きなものを注文ってことで。食べ物は、お任せで色々出てくるから、どんどん食べちゃってくださいよと」

さすが「宴会部長」と称されるだけあって、親睦会のほうは、梅枝の仕切りで開かれたらしい。

夫婦二人だけでやっている店だけに、手が足りないことはわかっているのだろう。よほどの常連なのか、梅枝はさっさと保冷庫を開け、ビール瓶をどんどん出してテーブルに並べていく。

（さすが、慣れてるな。っていうか、よくこんな店、知ってたなあ……）

ぼんやりと感心していた草太は、「ほい、子猫ちゃんは、こっちのほうがいいだろ？」

と梅枝が無造作に差し出したボトルに、眼鏡の奥の目を丸くした。

それは、ノンアルコールのスパークリングワイン風飲料だった。酒の席でもあからさまにジュースを飲んでいるようには見えないし、味もいいので、草太が好んで飲んでいる品物である。

「何で、これ」

しかし、草太の問いには答えず、梅枝はただ片目をつぶって草太のグラスをノンアルコールワインで満たしてくれる。

(僕がお酒を飲めないことを、梅枝さん、知ってる……？　でも、どうして？)

だが、その疑問を草太が口にする暇もなく、梅枝は他のメンバーのところに、お酌《しゃく》をしに行ってしまった。実に、フットワークが軽い。

皆に飲み物が行き渡ると、ようやくそこでプロジェクトリーダーの茨木が立ち上がった。

「では、しばらく会議続きで厳しい毎日となりますが、必ずや、この七人で力を合わせ、忠岡統括部長を瞠目《どうもく》させるようなサプリメントを作ってみせなくてはなりません。ですがここでは仕事のことはいったん忘れ、みんながそれぞれ、相互理解を深める場として、楽しくやりましょう。……乾杯！」

「かんぱーい！」

茨木の音頭に、全員が唱和し、数秒間は、グラスがあちこちでぶつかる涼しい音が店内に響いた。

「……美味《おい》しい」

梅枝が持って来てくれたノンアルコールワインで喉を潤し、すっかり空腹になっていた草太は、遠慮なく、運ばれてきた料理に箸《はし》を付けた。

決して一品ずつの量は多くないが、どれも、丁寧に作られた、上等な家庭料理といった趣《おもむき》である。刺身も、肉じゃがも、串揚げも、筑前煮も、控えめな味付けで食べやすい。

「よっ、子猫ちゃん、もりもり食ってる？」

色々な人との話が一段落した頃、お酌や盛り上げ役に徹《てっ》していた梅枝が、ようやく草太の隣にどっかと胡座《あぐら》をかいた。

さんざん、差しつ差されつをやっていたのだろう。梅枝の目元が、ほんのり赤らんでいる。

「もりもり食べてます。梅枝さんは、いっぱい飲んでるみたいですね」

「うん、いい感じに進んじゃってるねえ、酒が。何しろさっき、嬉しい言葉を貰ったから、まだ浮かれちゃっててさあ」

ほら、さっきのありがとうがさ……と耳打ちし、梅枝は嬉しそうに笑いかけてくる。

「また……！」

相手にしないふりをしつつも、草太の胸は勝手にドキドキし始めていた。

これまでの人生で、草太はこんな風に、誰かから好意を大っぴらに寄せられたことはない。というか、あまりにも外見が可愛らしすぎるせいで、異性から恋愛対象として扱ってもらえたことがないのだ。

工学部は男性比率が高かったせいか、何度か同性にそういう目で見られたことはある。だが、そんなときは嫌悪感しか持てなかったし、何の迷いもなく、きっぱり撥ねつけてきた。

だからこそ、今、自分の胸に湧き起こっている不思議な感情を、草太は理解できずにいた。

「ホントにさ。嬉しいんだよ、子猫ちゃんが俺とこんなふうに話してくれるの。ずっとツンケンされてただろ？」

酔いのせいか、いつにも増して開けっぴろげな好意を示す梅枝の笑顔とは対照的に、草太は口をへの字に曲げてつっけんどんに答えた。

「当たり前じゃないですか。前にも言ったと思いますけど、僕、男ですから。子猫ちゃんなんて言われて、嬉しいわけないです」

「んー、俺には、可愛い耳も尻尾も見えてんだけどなあ。でもまあ、好きな子を怒らせて喜ぶ趣味は、俺にはないんだ～。じゃ、福島君って呼んだら、もっと優しくしてくれる？」

「うっ」

ずるい、と草太は地団駄を踏みたい気分で梅枝を睨んだ。梅枝が「福島君」と草太を名前で呼ぶときの声音には、どこか不思議な響きがある。やわらかくて、甘くて、優しい、他の誰もしないような呼び方だ。

たとえ名字でも、梅枝に呼ばれると、草太は何故か、とても「慈《いつく》しまれている」という気がして、胸が温かくなる。

(何なんだよ、この気持ちって。おかしいぞ、僕。この人、男なんだぞ。僕も男だし)

「そ……そのっ」

何だかおかしな気分になりつつある自分が怖くて、草太は慌てて話題を変えた。

「うん？」

「梅枝さんって、宴会部長って呼ばれてるんですか？　よく、こんな店知ってましたね」

すると梅枝は、酔い覚ましのつもりか、卓上のピッチャーからグラスに水を注いで飲みながら、無造作に頷いた。

「うん。俺、遊ぶのも飲み食いするのも大好きだから。遊ぶとこも、飲食店も、一生懸命開拓するんだ。だからその知識を、皆さんにお裾分けしてるだけ」

「この店も、自分で探し出したんですか？」

「うん。うちの会社、なかなか宴会に使えるいい店が近場にないだろ？　で、どっかないかなーって思ってたら、ふと、普通の家だとばかり思ってたここから、やけに幸せそうな顔して、あからさまに酔っ払ったオッサンたちがぱらぱら出てくるわけ。で、もしかしてって勇気を出して入ってみたら、こんなことで」

「へえ……」

「大将が変わった人でさ、ここに入る度胸のある奴だけを客と認める、なーんてこと言うんだ。ま、何ごともチャレンジってことだな」

「遊びにも熱心ってことは、やっぱ合コンとかもするんですか？」

ふうん……と相づちを打ちつつ、草太はふと気になったことをついでに訊ねてみた。

合コンと口に出すなり、また心臓が鼓動を速める。自分で質問しておきながら、答えを聞きたいような聞きたくないような、複雑な感情が草太の胸にこみ上げた。

梅枝は美味しそうに冷たい水をお代わりし、草太を見てあっけらかんと答える。

「ちょっと前までは。でも、今はやらない。やるって奴らに、いい店は紹介するけどね」

「なんで、やらないんですか？」

「ありゃ、それ、君が訊いちゃう？　決まってるでしょ。好きな子が出来たから、合コンをやる意味がない」

そんなてらいの欠片もない台詞と共に、梅枝の人差し指がビシッと草太に向けられる。酒も飲んでいないのに、たちまち頬を染めた草太は、口をパクパクさせた。

「は？　か、からかわないで、く、くださ……」

「からかってない。マジだよ？　初対面で一目惚《ひとめぼ》れ、そっからずーっと、君しか見えない」

「う、うそだ」

「嘘じゃないって。なんでそんなに、疑うかなあ」

「だ、だ、だって……。梅枝さんって、げ……ゲイ、なんです、か？」

気まずさに耐えかね、消え入るような声で草太は訊ねた。もしそうなら、自分は違うとはっきり伝えて釘を刺さねばと思ったのだ。

だが、それに対する梅枝の返答は、明快だった。

「違うよ？　俺、好きになるのに男とか女とか考えないもん」

「へえ……そうな……え、えええええっ⁉」

予想の遥か斜め上を行く宣言に、草太は驚きの声と共にのけぞる。だが梅枝は、草太の驚きをむしろ怪訝《けげん》に思ったらしかった。

「そんなに変かな。じゃあさ、これ……違った福島君は、男だから、女だからって誰かを好きになるわけ？」

「ええっ？　いや、そんな……ことは……っていうか」

「っていうか？」

真正直な性格の草太である。梅枝が正直に自分の性癖をつまびらかにしてくれたというのに、自分だけが適当な言い逃れをすることは良心が許さない。彼は、さんざん口ごもりながら、蚊《か》の鳴くような声で答えた。

「誰かを好きになるのなんて、小学校低学年のときにいっぺんきりで、それからは、全然」

今度は、梅枝が仰天する番だった。あやうく取り落としそうになったグラスを卓に置き、梅枝は他の人間に訊かれないよう、草太との距離を少し詰めた。そんなことをしなくても、皆、それぞれの話で盛り上がっているのだが、意外と慎重なところがあるらしい。

「信じらんないな。福島君さ、もしかして、恋愛に興味ないタイプ……？」

草太は赤い顔で、ぶんぶんとかぶりを振る。

「そんなことないです。ただ……小学校三年のとき、好きだった子に告白したことがあるんです」

「そりゃ、可愛い話だね。で？」

「そしたら、その子が凄く怖《こわ》い顔で、自分よりずっと女の子みたいな顔したチビなんて嫌って言ったんです。それ以来、恋愛がトラウマになっちゃって」

「……ふっ」

小さく噴き出した梅枝を、草太は爆発寸前の顔で睨《ね》めつける。

「どうせ、馬鹿馬鹿しいですよ！　笑えばいいですよ！　梅枝さんには、僕の気持ちなんか絶対わかんないんだ。小さい頃からずっと女の子に間違われて、同級生の女の子から、下手したら下級生からも可愛い可愛いって言われるばっかで、まるでペットみたいな扱いしかされたことのない男の気持ちなんか、わかるわけ……」

「ああゴメンゴメン。俺、君のこと怒らせてばっかだな。怒った顔も可愛いんだけど、好きな子に悲しい思いをさせたいわけじゃない。悪かったよ。今笑ったのは、馬鹿にしたからじゃない」

「じゃあ、どうして笑ったんです？」

　両手を合わせて長身を屈め、ごめんなさいのポーズをしている梅枝をまだ怖い目で見ながら、草太は問い詰めた。すると梅枝は、ちょっと照れ臭そうな顔で釈明した。

「大昔の話なのに、まだ傷ついた顔してる君があんまりいじらしかったからさ。きっと今の君をそのまんま縮めたような昔の君んとこに行って、そんな女、気にすんな、お前は将来、いい男にぞっこん惚れ込まれることになるんだ、安心しろって言ってやりたくなっちゃってさ。その光景を想像したら、おかしくなったんだ」

「そ、そ、その、いい男って……」

「うん、俺。そう悪くないと思ってんだけど、ダメかな？」

　グイと顔を近づけ、梅枝は草太の顔を覗き込んでくる。ふわり、と梅枝の吐息が草太の頬にかかった。仄《ほの》かにアルコールの臭いがして、それだけで草太は頭がクラリとする。

「たぶん、悪く……はないと」

「マジで？　じゃあ脈あり？」

「そういう意味じゃ……！」

「じゃあ、脈なし？　全然？」

「う……」

　勿論、脈などこれっぽっちもない。そう即答しろと理性は主張しているのに、草太の喉と舌は、言葉を紡ぐことができなかった。ただ、困り果てた顔で梅枝を見返すばかりだ。

　そんな草太の微妙な反応を見て、梅枝はさらに何か言い募ろうとした。

　だがそのとき、営業部の安治川が、典型的な酔っ払いのだみ声で、梅枝を呼んだ。

「おーい、梅枝くーん。ここ、しめにお茶漬けとかあるんかなあ」

「ありますよ？　海苔と梅と鮭《さけ》茶漬け。でももうしめちゃいます？　もーちょい、飲みません？」

　さすが宴会部長というべきか、一瞬、名残惜しそうな様子を見せたものの、梅枝はすぐ立ち上がり、安治川と八尾のほうに向かう。

「……はあ……」

　梅枝が去ると、ようやく空気の密度が薄らいだ気がして、草太は思わず深い息を吐いた。

　その手が、まだドキドキの収まらない心臓の上に置かれる。

「な……何なんだよ、いったい。脈なんかないって、全然そんなつもりないって、どうして言えなかった……?」

そんな自問自答の時間さえ、この場では、草太に与えられてはいなかった。

「やだ、福島君、全然飲んでないじゃない。はい、グラス出して！」

傍らから、さらに華やかさを増した三島の声がした。

酔っ払っているというほどではなく、ほんのり酒が回っている感じのご機嫌な彼女は、やはりこういう場ではお酌をすることが多いのか、実に手慣れた感じでビール瓶を突き出してくる。

「あ、いえ、あの、僕ちょっと」

こういう職場の飲み会のとき、アルコールは飲めないと正直に言うと、たいてい「つきあいが悪い」と詰《なじ》られるか、「見た目のままか」とからかわれるか二択である。思わず言葉に詰まった草太に、またしても離れた場所から助け船が出された。

「あー、三島ちゃん、福島君は、アルコール飲むと蕁麻疹《じんましん》が出ちゃって可哀想《かわいそう》だから、勧めないであげて〜」

言うまでもなく、梅枝である。ひとつ向こうのテーブルで営業部コンビと酒を酌《く》み交わしていた梅枝だが、草太のことはしっかり見ていたらしい。

「あら、そうなの？　駄目よ、そういうことははっきり言ってくれなきゃ」

「はい。すいません。えと、せっかくなんで、よかったらこれで」

草太は謝りつつ、ノンアルコールワインのボトルを三島に差し出した。

「オッケー。じゃあ、これからもよろしくね！　打錠の話、これまであんまり知らなかったから、興味あるのよ。また、色々教えて」

「わかりました。僕も、宣伝部の方とお仕事するのは初めてなんで、とても面白いです」

そんな他愛ない話をしながら、草太も三島が持参したグラスにビールを注ぐ。軽く乾杯し直したところで、実にさりげなく茨木がやってきて、二人の傍《そば》に座った。

「まだ、君たちとは話せていなかったから。プロジェクトは始まったばかりだけど、どうですか？　やりにくいこととか、ありませんか？」

「えっ、僕、こういうの初めてだからわかんないですけど、今日の会議とか、凄く充実してました。こんなに熱心な話し合いをして、みんなでひとつのサプリを作るんだなと思ったら、ちょっと感動しちゃったりして」

気遣ってくれる茨木に、草太は正直に目を輝かせて答えた。三島も、心底楽しげな笑顔で同意する。

「私も。新商品開発のお仕事はいくつもこなしてますけど、こんな大がかりなリニューアルは初めてなので、やり甲斐がありますし、楽しいです。責任の重さを考えるとうわって思いますけど、それでもこのプロジェクト、皆さん熱心なので、私も負けてられません」

「そうですか。それは頼もしいな。そういえば二人とも、高校や大学では何か部活やサークル活動をしていたんですか？　僕は、実は……」

こういうつきあいの場にも慣れているのだろう。茨木は、ゆったりした調子で、差し障りのない程度にプライベートな話題を振ってくる。三島も草太も、そんな話し上手な茨木のおかげで、それからしばらく、高校時代の部活の話で盛り上がったのだった。

そして、午後九時きっかりに宴会をお開きにした後、一同は駅前で、月曜日に会議での再会を約し、和やかに解散した。

さすがに、午後いっぱいを会議で費やした上、書記までやっていた草太は、疲れを感じて大きく伸びをした。ふと気づくと、ただ一人、梅枝だけが、立ち止まって自分のほうを見ている。

急にさっき中断された会話を思い出した草太は、気まずさに思わず視線を逸らし、俯《うつむ》いた。視界には、こちらに近づいてくる梅枝の靴だけが見えている。

本当は逃げ出してしまいたいくらいだったが、草太には、梅枝にどうしても訊いておきたいことがあった。

「どうしたの、こ……福島君。帰らないの？」

梅枝にとっては、「子猫ちゃん」のほうが「福島君」よりずっと言いやすいらしい。まだ、かなり意識して草太を名字で呼びながら、彼は心配そうに草太の顔を覗き込んだ。

「いえ、帰りますけど……。梅枝さんこそ」

「いや、俺は、注意はしてたつもりだったけど、誰かに酒飲まされて、具合悪くしたりしてないかなって。ちょっと心配だったから、それだけ確認してから帰ろうと」

やはり、あれは適当なことを言ったのではなく、梅枝は、草太がアルコールを受け付けない体質であることだけでなく、酒を飲むと、けっこうな確率で蕁麻疹を出すことまで知っていたのだ。

草太は少なからず驚いて、そこでようやく梅枝の顔を真っ直ぐ見上げた。もうすっかり酔いの醒《さ》めた顔で、梅枝は心配そうに草太を見ている。

「あの、大丈夫です。ありがとうございます」

「おっ。今日三度目だな、君にお礼言われるの。俺、もうリアルラック使い果たした気分よ」

「だから！　それだけ僕が梅枝さんにお世話になってるだけですってば！　それより、どうして僕がお酒飲めないことも、飲んだら蕁麻疹を出すことも、知ってたんですか？」

すると梅枝は、「ま、とりあえず駅まで一緒に行こうか」と言って、歩き出した。草太も、ゆっくりした足取りの梅枝に合わせて、駅近くの住宅街の暗い路地を歩く。

「俺、宴会の幹事をやることが多いし、実際、好きなんだよね。だから、俺が仕切る宴会では、来た人全員に、楽しい思い出を作ってほしいんだ。どんだけちっちゃくでもいいからさ。そういうのって、よくないか?」

どこか子供っぽい笑顔で問われて、草太も素直に頷く。

「いいと思います。だから……もしかして?」

「うん。誰が飲めて誰が飲めないとか、一応、知っておきたいんだ。さすがに、五十人のパーティとかだと、個々を把握するのは無理だけど、今日はたったの七人だからね。しかも、大事な子猫ちゃんのことは……」

「福島です」

「失礼。福島君のことは、いの一番にリサーチしたよ。こないだ、打錠室にお邪魔したとき、平野室長に教えてもらったんだ」

「そう、だったんですか」

そういえば、草太が打錠室に配属されたとき、平野は歓迎会を開いてくれた。その席で、勧められた酒を断る勇気が出ずに、うっかりグラス何杯もビールを飲んでしまい、蕁麻疹と急性アルコール中毒でぶっ倒れて、近くのK医科大学に担ぎ込まれるという事件があった。

きっと平野はそのときのことを覚えていて、普段は重い口を敢《あ》えて開き、梅枝に、草太に酒を飲ませないように言ったのだろう。

「あと、インゲンの胡麻《ごま》あえと、鮭の南蛮漬けも好きだろ?　だから、大将に頼んで、作ってもらっといた」

「そ、それも、室長から？」

「うんにゃ、それは島本さんから。やっぱ、好きなものが出て来たら、みんな嬉しいだろ。唐揚げは八尾君の好み、冷や奴《やっこ》は安治川さんの、アスパラベーコン炒《いた》めは三島ちゃんの大好物」

「へえ……！」

徹底した梅枝の気遣いに、草太は度肝を抜かれてポカンとしてしまった。いくら宴会部長といえども、そして本人が好きだといっても、何の見返りもないのに、そこまで皆を楽しませようとする努力に、感動すら覚える。

だが、上体を少し屈めるようにして、両手をジャケットのポケットに突っ込み、梅枝は含み笑いで言った。

「あれ、気づいてくれてない？」

「えっ？　何にですか？」

キョトンとする草太の顔に自分の顔を近づけ、梅枝は秘密めかして囁《ささや》いた。

「言ったろ？　君の好物だけ、二品。あとはみんな一品ずつ」

「あっ」

「つまり、いちばん大好きな子への、依怙贔屓《えこひいき》でした～」

「う、う、うう……。それは、嬉しいけどちょっとお節介なので、お礼は言いません！」

変なところで意地を張る草太に、梅枝は可笑しそうに笑う。その、目尻に浅く寄った笑いじわに妙な人なつっこさと色気があって、間近で見てしまった草太は、再びドギマギしてしまった。

おまけにそんな草太の気持ちに気づいているのか否かはわからないが、梅枝は畳みかけるようにさっきの話を蒸し返した。

「あのさ。宴会中のこと……覚えてっかな。営業部コンビに邪魔されて、答え、聞けなかったんだけど」

「………」

できればこのままなかったことにしたいと思っていたことを持ち出されて、草太は言葉を失う。だが梅枝のほうは、このまま諦めるつもりはないらしく、もう一度、今度は街灯の下で足を止め、さっきの問いを繰り返した。

「俺は、君のことが好きだけど……死ぬ程迷惑かな？　耐えられないっていうんなら、もう、こんなことは言わない。つらいけど、プロジェクトで一緒に仕事ができるだけでも嬉しいと思うことにする。だけど……さっきすぐに脈なしって言わなかったよな、福島君」

「……う……それ、は」

「それは、ちょっとくらいは脈があるって思ってもいいってこと？」

やはり答えられず、草太は力なく首を振る。

「わかり、ません」

「わからない？　わかんないんです。僕……あ、やっぱりいいです」

「でも、自分の気持ちなのに？」

「いや、ちゃんと言ってよ。怒ったりしないからさ、何言われても」

梅枝はそう言ったが、草太はそれでもなお躊躇ってから、いかにも渋々口を開いた。

「僕、女扱いされたり、この顔とか身長をからかわれることには慣れてて、きっと梅枝さんの子猫ちゃん呼ばわりも、僕をやたらかまうのも、そういう嫌がらせだとずっと思ってました」

「それは、全然違……」

「だけど、今日、梅枝さんは僕のことを好きだとか言うし。それも、いちばん好きとか平気で言うし！」

「だって、ホントのことだから」

「そんなこと、これまで言われたことないから、僕はもういっぱいいっぱいなんです！　その上、脈があるだのないだの訊かれても、わけわかんなくなってて……」

本当に混乱しきった草太の告白に、梅枝は、むしろ慌てた様子で、草太の両肩に手を置いた。

「あー……！　ゴメン、俺が焦りすぎたね。そっか。うん、いっぺんに色々言い過ぎた。だけど、俺と話すのとか、虫酸《むしず》が走るってわけでも……なさそう？」

草太は、子供のようにこっくり頷く。

「だって、梅枝さん、意外と仕事には熱心だし、真面目だし、アイデア冴えてるし、宴会のときもこんなに気配りする人だって知ったし。……僕、勝手に、きっとチャラチャラしてて、ろくでもない根性悪だとか思い込んでて、悪かったなあって……あっ」

言わなければわからない本心を漏らしてしまったことに気づいた草太は、片手で自分の口を塞《ふさ》いだが、後の祭りである。

「すいません！」

だが、焦って謝る草太に、梅枝はむしろ心から嬉しそうに相好を崩した。

「そっか。何だ、嫌われてるっぽいとは思ってたけど、マジで嫌われてたのね、俺。そんで、何だか急に見直してもらってたんだ」

「は……はい」

「嬉しいよ。それって、イメージ大アップってことだろ？　こりゃ、蜘蛛《くも》の糸程度の脈はあるかもなー……って、勝手に思っとく」

「…………」

それでいいとも悪いとも言えず、草太はただ、視線を彷徨わせるばかりである。そんな草太に、梅枝は、いきなりさらに顔を近づけたと思うと、ほんの一瞬、触れるだけのキスをした。

「ふわっ！」

それだけで、草太は仰天して飛び退《の》く。

「あちゃー。その反応はいささか傷つくけど、もしかして、ファーストキス、もらっちゃった？」

「…………!?」

動転しつつも素直にこくこくと頷く草太に、梅枝はクスクス笑った。

「な……何、笑ってるんですかっ！」

ワンテンポ遅れて、ようやく怒声を挙げた草太に、梅枝は、急に背筋を伸ばし、真顔になってこう言った。

「今のは、いわゆる本気を証明する誓いのキスって奴。君にぞっこんで、これからも、嫌われない程度に口説きますよっていう宣言のキスでもある」

「そ、そ、そんな……」

「脈がゼロになったら、そんときは言って。ストーカーまがいにつきまとうのは、趣味じゃない。だけど、いつか、君が少しは俺のことを好きになってくれて、さらに希望を語れば、恋人になってくれたら嬉しいと思ってる。……じゃ、駅までの道はわかるよな？　気をつけて。月曜に、また。……おやすみ」

一息にそう言うと、片手を挙げてウインクし、梅枝は草太に背を向ける。

一度も振り返らずに遠ざかっていくその広い背中を、草太は無意識に唇を指先で押さえながら、ただ呆然と見送っていた……。

四章　期待と裏切り

月曜日も、翌々日も、そのまた次の日も、プロジェクトチームは会議を重ねた。

しかし、色とりどりの、飲む人が楽しくなるような錠剤のセットを作る、三つの年齢層、性別ごとに、ラインを分ける……というリニューアルの方向性は決まったものの、目玉となる新成分について、日々、議論が紛糾し、なかなかいいアイデアが出てこない。

そして金曜日の午後、さすがに今日中にプランを決定しないと、後の作業が間に合わないというギリギリのところまで来てしまい、メンバーの焦燥感は最高潮に達していた。

営業コンビは見るからにイライラしているし、いつも綺麗にしている三島も微妙に化粧の乗りが悪い。

梅枝は息苦しそうな困り顔、加島はいつものポーカーフェイスだが、眉間《みけん》に浅い皺《しわ》が寄っている。そして、さすがの茨木も、疲れを隠せなくなってきていた。

気遣わしげに皆を見ている草太も、長い会議の内容を議事録にまとめるため、毎日、終電近くまで残業している。正直、会議もさることながら、それに付随する作業で極端な寝不足が続き、まさにヨレヨレだった。

そして今日も午後四時を過ぎ、まだこれといった決定打が出ないまま、いたずらに時間だけが過ぎていく。

口には出さないものの、さすがに全員が途方に暮れつつあったそのとき、澱《おり》のような疲労に一石を投じたのは、やはり梅枝だった。

「こりゃ、ちょっと原点に返ったほうがいいな」

やけに軽やかな調子でそう言った梅枝に、茨木は微苦笑で応じる。

「原点？　君の言う原点っていうのは、どのあたりのことだい？」

梅枝は、うんうんと頷き、重苦しい空気を振り払うように、声のトーンを上げた。

「原点と言えば、アレだよ。初日に、福島君が言ったアレ！　飲んで楽しいサプリ」

「えっ、僕⁉」

いきなり名指しされて、草太はギョッとした。しかも、相手は梅枝である。

金曜日の夜、突然キスされて以来、草太は梅枝への態度を決めかねていた。

あのときはあまりにも驚きすぎたせいで、梅枝のキスが嬉しかったのか不快だったのかすら、未だにわからない。

ただ、驚くほど素早いキスの後、離れていく一瞬に梅枝が見せたのは、酷《ひど》く切なげな表情だった。街灯の下とはいえ、薄暗がりで、それもほんの一秒ほど見ただけのその顔が、草太の脳裏から離れない。

(あんな真剣な表情、初めて見た。梅枝さん、僕をからかったんじゃないよな)

そんな思いがあるせいで余計に気恥ずかしく、草太はあれからずっと、梅枝の顔をまともに見られずにいる。

それなのに梅枝はといえば、「これからも口説く」という宣言どおり、社内で顔を合わせるたび、極上の笑顔で草太に挨拶してくるし、気軽に話しかけてもくる。

草太としては、無視するのも失礼だし、かといって同じようにさりげない態度で接する器用さなど持ちあわせていないし……と、どうしようもない混乱状態が続いているのだ。

ひたすらドギマギする草太をよそに、梅枝は陽気に問いかけてきた。

「錠剤が色々あって、見て楽しいってのは一つ。でも、飲んで楽しいには、成分的な意味だってあるはずだろ？　何が入ってたら楽しい、つか嬉しい？」

「楽しい……、嬉しい、サプリ……？」

シンプルな質問を投げかけられ、草太は目をパチクリさせる。

議論に疲れ果てた他のメンバーも、この数日、ここ一番でいつも議論を大きく展開させてきた梅枝と草太に、期待の眼差しを向けた。

仕事中だ、梅枝を意識するなと自分に言い聞かせ、一生懸命考えながら、草太は答えた。

「僕がもし、たくさんのサプリの中から一つ選ぶなら、パッケージや錠剤の形状を含めてビジュアルが楽しくて、しかも、成分が安全なサプリ、なんじゃないでしょうか」

「安全？」

「あ、えっと、ほら、今よく『食の安全』って言うじゃないですか。だから、やっぱサプリの成分も安心なものだったら、手を出しやすいし、気持ちよく飲めるかなと思うんです」

訥々《とつとつ》と思いを語る草太に、宣伝部の三島が、ちょっと唇を尖らせて疑問を呈する。

「でも福島君、成分は、代表的なビタミンとミネラルでしょ？　あと追加するって決めたのも、アントシアニンやコラーゲンやグルコサミン……どれも、よく知られたものばかりよ？　他社製品にも必ず入ってる。安全も何も……」

「う、うう、そうですよね。だけど、何か……何か、そこで安全をアピールできないかなって思うんです」

「そう言われてもなあ。元から安全な素材使って作っとるサプリやしな。そらちょっと、いくら斬新な発想が取り柄の福島君でも、的外れなん違うか」

営業部の安治川にも気の毒そうに、そしてさもガッカリした調子でそう言われ、草太は萎《しお》れた花のように身体を小さくする。

「すみません。僕、やっぱり変なこと……」

だがそのとき声を上げたのは、まさかの加島だった。

「いや、あながち的外れでもない。今の発言のおかげで、ひらめいた」

「ひらめいた⁉」

相変わらず、平常心過ぎて逆に不審なポーカーフェイスで言い放った加島に、全員が驚きの声をハモらせる。加島は眼鏡を掛け直し、頷いた。

「名案かどうかはわからないが、とにかくひらめいた。僕はサプリメント研究開発部に来てから、主に健康食品の開発に携わっている。だからこそ考えるんだが……新しいサプリの成分すべてを、食品由来にするのはどうだろう」

「！」

全員の口が〇の形になるのを見ながら、加島は淡々と持論を述べる。

「食の安全と、福島君はさっき言った。そもそもサプリは、食品から摂取すべきなのに不足している成分を補うものだ。ならば、すべてが食品由来だと明記すれば、大きなアピールポイントになるのではないだろうか」

立て板に水の話を聞くうち、皆、ふむふむと頷き始める。だが営業部の八尾は、怪しむように問いかけた。

「それ、確かにホントに原点に返るって感じでいいですけど、実際、出来るんですか？」

「出来るでしょうね」

話を引き取ったのは、茨木だった。彼は、同僚である梅枝と加島を見ながら言った。

「そもそもサプリの成分の多くは、食品由来です。たとえば、ビタミンAなら魚類の肝油、ビタミンCは、お馴染《なじ》みのレモンやアセロラ、ローズヒップなど。カルシウムは焼成した貝殻を使うことが多いです。他にも……ああでも、ミネラルなんかはどうかな、加島？」

　すると加島は、微妙に表情を明るくした。持てる知識が皆の役に立ちそうだとわかって、喜んでいるのだろう。への字口が少し緩むだけで、急に優しい顔になるから不思議である。

「ビタミンもミネラルも、食品のほうで、酵母を活用するテクニックがある。特にビール酵母は、驚くほど豊かにミネラルを含有しているんだ。あとは大豆や小麦といった穀物、海藻、野菜、フルーツ……およそ、食品由来でないものはない」

　加島の返答には、まったく澱《よど》みがなかった。どうやら、これまで自分がやってきた仕事に関しては、知識を完璧に脳内にプールしているらしい。

「グルコサミンやら、コンドロイチンやらは？　あんなんも、やっぱし食いもんから取り出せるんかな？」

　安治川の質問は、言うなれば「素人の疑問」を素直に代弁したものである。加島は、力強く頷いた。

「グルコサミンは、甲殻類の外殻から、コンドロイチンは軟骨から抽出される。まあ、食品に含めていいだろう」

「はっはー、なるほど！　前言撤回や！　今回もええアイデアやったやん、福島君！」

「あ、ありがとう、ございます」

見事に手のひらを返して褒める安治川に、草太はやはり身を縮こめたままで礼を言う。

三島も、急に生気を取り戻してアイデアを出した。

「なるほど！　それぞれの世代、性別にアピールする食べ物がありますもんね。パッケージの裏面に、それぞれの成分の抽出元になる食べ物を一覧表にして印刷すれば、興味も惹《ひ》きますし、アレルギー注意も喚起しやすいです。より安心感を持ってもらえそう」

お調子者の八尾も、それに便乗する形でパッケージの話を続けた。

「じゃあ、サプリの名前は『毎日、これ一袋！』にして、サブタイトルみたいに、パッケージにでっかく、「全成分、食品由来！」って書いちゃうのはどうですかね。伝統のダサさだけど、そこを逆手に取って、思いきりレトロにしちゃえばどうかなあ」

草太は、ハッと我に返って書記の仕事を再開しながら、一同の会話に耳を傾けた。パッケージデザインの話になると、やはり三島が俄然元気になる。

うなじで結んだ長い髪の先が浮くほど勢いよく立ち上がった彼女は、ホワイトボードにデザイン案を描き始めた。

「昭和レトロがいいですね。若い世代には逆に新鮮ですし、高齢者にはお馴染みですし、熟年世代には、子供時代を思い出すような懐かしさがあるんじゃないかしら」

「だっさい商品名も、昭和レトロなら逆に映えるかもだし？」

「そうそう！　すぐ横文字に走るのがサプリ業界だから、かえって目立つと思うんです。

大きなリニューアルですけど、決して今どきに走ったわけじゃない。最初に言ったように、長年のお客様を粗末にするような印象は、与えずに済みます。そう思いません?」

「思う思う!　あ、でも、単価は?　あんまり値上がりするようだと、ちょっと」

三島とノリノリで会話しつつも、仕事を忘れないのは、八尾もさすがというべきだろうか。そんな当然の疑問に、加島はやはり、あっさりと答えた。

「成分の種類を増し、品質を上げるということで多少は上げざるを得ない。だが、高品質を実感してもらえれば、高すぎることはない価格に抑えられると思う」

「そこは、試作品を作成するとき、我々が試行錯誤することにしましょう。なるほど、一気に道が開けましたね」

いつも笑みを絶やさない茨木の顔にも、安堵の色が滲《にじ》む。最年長の安治川が、ニコニコ顔で言った。

「ほな、ようやく週明けからは、この会議室を出て、それぞれが得意分野で仕事ができるっちゅうわけやな。六種類あるサプリの成分は、研究開発の三人さんが練り上げる、それを福島君が、それぞれ錠剤のセットに組む。で、三島さんがパッケージデザインやコピーを考える……となると、僕ら営業は今やることないな」

「営業さんの仕事は、商品がフィックスしてから本腰ですものね。でも、営業さんもガンガン売っていきたいって思えるパッケージにしたいですから、是非、私に力を貸してください。いいですよね、茨木さん？」

　三島に訴えるような目で見られて、茨木は笑顔で了承した。

「ええ、勿論。宣伝と営業は、互いに協力してこそだと思いますし。よろしくお願いします。君は僕たちと連携してお願いしますね、福島君」

「え？　あ、は、はいっ。頑張ります！」

　草太が大きく頷くのを確かめてから、茨木は時計を見て言った。

「では、今後のスケジュールは、作業工程、会議日程も含め、週明けまでに作成してお届けしておきます。作業に関してはある程度流動的になるでしょうが、各自、出来るだけ余裕をもって速やかに。では、今日はこれまでにしましょう。お疲れ様でした」

　そんな模範的なしめの言葉に、全員、座ったままで深々と一礼した後、まるで示し合わせたように、伸びをしながら呻《うめ》き声を上げたのだった……。


　翌日の土曜日、本来ならば勤務日ではないのだが、草太は重い身体を引きずるようにして出勤した。

　何しろ、月曜から金曜までぶっ続けて長時間にわたる会議があったのだ。議事録の量も、半端ではない。

　会議中にパソコンに打ち込んでおいたものとボイスレコーダーの録音を聞き比べ、議事録を正確に作成して、週明け、茨木に提出しなくてはならないので、とても休んではいられないのだった。

（せめて、データの社外持ち出しが禁止されてなきゃ、家で残りが出来るのになあ……）

多少恨めしく思ったが、ひとり暮らしの狭いマンションで鬱々《うつうつ》と作業するよりは、まだ誰もいない、広々した職場のほうが作業がはかどるかもしれない。

そう思い直し、草太は自分の席でノートパソコンを立ち上げた。休みの日にはコーヒーサーバーが使えないので、コンビニで買ってきた缶コーヒーを朝食代わりに作業を開始する。

「木曜まではどうにか仕上げたから、あとは昨日の分か」

パソコンの文章をチェックしつつ、書ききれなかったところ、正確さに不安のあるところを、ボイスレコーダーをチェックして補っていく。

世間話をする相手もいないので、草太はただ黙々と、単調な作業をこなしていた……はずだった。

コンコン！

だが、ふと聞こえたノックの音に、草太はハッと目を開けた。

「え？　あれ？」

どうやら、いつの間にかうたた寝してしまったらしい。座ったまま、首だけががくんと項垂れていたので、うなじの筋肉が凝り、鈍く痛む。

「うわああああああああ」

モニターを見るなり、草太の口からは悲鳴が上がる。いわゆる「寝落ち」だったせいで、キーボードの上に手を置いたまま意識が途切れ、その結果……。

モニターに映し出されているのは、まさに宇宙語としか形容のしようがない、無意味な文字や記号の羅列だった。きっと警告音が鳴ったに違いないのに、それにも気づかず眠り込んでいたのだろう。

そんな草太の大声が扉の向こうにも聞こえたのか、返事を待たず扉が開き、「どうした！」という緊迫した声と共にオフィスに飛び込んできたのは、梅枝だった。

「へ？　梅枝さんっ？」

ショックの上に驚きが重なり、草太はここしばらくのわだかまりを忘れ、ごく素直に梅枝の名を呼んでいた。そんなことには気づかない様子で、梅枝は足早に草太に歩み寄る。

「今、凄い声出したろ？　何かあったのか？」

心配そうに問われ、草太は顔を赤らめてかぶりを振った。

「違うんです。う、梅枝さんが来てくれてよかった。僕、うっかり寝ちゃってて、変なキー押しっ放しで」

しどろもどろの説明だったが、それで何があったか察したらしい。梅枝は緊張の面持ちをたちまち緩め、「何だよ」と情けない顔で笑った。

「すいません、心配かけちゃって……って、あ……」

状況を理解してもらえてホッとしたのも束の間、先週金曜の夜以来の二人きりだと気づいて、草太は頬を赤らめた。梅枝が横にいると意識するだけで、鼓動の激しさは吐き気を催すほどだし、どうしていいかわからず、狼狽《うろた》えるばかりだ。

そんな草太の反応に、梅枝も少し困った様子で、けれど屈託なく笑って、草太の机の上からボイスレコーダーを取り上げた。

「なるほど、議事録か。大変だろ。あとどのくらい残ってる?」

「もう、昨日の分だけです。それを打ち込んで、全部、誤脱字チェックしたら終わりです」

草太が答えると、梅枝は「よっしゃ」と言うなり、机の上から打ち出した原稿を取り上げ、草太の隣席……実咲の椅子にどっかと腰を下ろした。草太は、何が「よっしゃ」なのかわからず、小首を傾げる。

「梅枝さん?」

するると梅枝は、実咲の赤いボールペンを勝手に拝借して、ニカッと笑った。

「手伝うよ。打ち込みは分業できそうにないから、福島君に任せる。俺は、出来上がった分のチェックをしよう。そしたら、だいぶ早く終わるだろ?」

それは大いに助かる申し出ではあったが、草太はなおも戸惑いがちに梅枝を見た。

「でも、梅枝さん、何か用事があって出社したんじゃ……？」

「ああうん……いや、実はさ、きっとこんなことじゃないかと思っ……あ、しまった」

「こんなことって……僕が休日出勤すると思って、わざわざ？」

梅枝は、照れ臭そうに鼻の下を指で擦った。

「くそ、またやっちまった。偶然って言やあ、さりげなくてかっこよかったのに。君のことだから、きっと議事録、完璧にしようと頑張ってるだろうと思ってさ」

「それで、様子を見に来てくれたんですか」

草太は呆けたような顔で、梅枝を見た。なるほど、いつもはネクタイ・ワイシャツに白衣というフォーマルな服装の梅枝が、今日はTシャツの上にラフなコットンシャツを羽織り、細身のチノパンという、実にカジュアルな格好をしている。

「ま、無駄足だったら、そのへんブラブラして帰ろうと思ってたんだ。どうせ暇だからね。役に立つチャンスが出来て嬉しいよ。じゃ、とっとと片付けちゃおう」

そう言うと、梅枝は、打ち出した月曜から木曜までの議事録原稿をチェックし始める。

(あ……大丈夫ですって、言い損ねちゃったな。遠慮すべきだったのに)

そんな思いを感じとったのか、梅枝はちらと横目で草太を見て、悪戯っぽい笑顔でノートパソコンを指さした。

「仲間意識っていうより、ここで君の役に立って、ポイント稼ぎたい下心満々だよ。だから、好きにやらせて？」

あくまでも手助けは自分のためで、恩に着せるつもりではないと言い張る梅枝の思いやりと優しさが、じんわりと草太の胸に染みる。だからこそ、草太も素直に感謝の気持ちを口にした。

「じゃあ……お願いします。正直、助かります」

「うん。そうでなきゃね～」

小さく口笛を吹きながら、梅枝は作業を再開する。草太も負けじとモニターを睨み、ボイスレコーダーから聞こえる声と、時折混じる調子っ外れな口笛を聞きながら、軽やかにキーを叩いた。


「……ふう」

それから二時間後、小さな溜め息と共に、草太はパソコンの電源を落とした。

梅枝がチェックを手伝ってくれたおかげで、驚くほど早く、作業は完了した。データを茨木のメールアドレスに送り、これで次の会議まで、書記の仕事はない。

「よかったな、思ったより早く片付いた」

「はい、ありがとうございました！　何だか僕、梅枝さんに助けてもらってばっかりだ」

立ち上がって梅枝にペコリとお辞儀をして、草太はしみじみとそう言った。すると梅枝は、ニヤッと笑って自分も立ち上がり、草太の正面に立った。

「そんなに感謝してくれたってことは、ちょっとしたお礼なんて期待していいのかな？」

「えっ？　あっ、こ、こないだみたいな不意打ちはダメですっ！」

ギョッとして、草太は両手で口元を覆って防御する。そのリアクションは予想していなかったらしく、数秒キョトンとしていた梅枝は、盛大に噴き出した。

「ぷっ……あははは、あのキス、そんなに衝撃だった？　てか、不意打ちでなきゃいいんだ？　予告しようか、五秒後にするよって」

「そ……それでも、ダメです。職場ですよ、ここ！」

「職場じゃなきゃいいってこと？」

「う、ううううう」

まだ心の整理がついていない以上、いいと言っても駄目だと言っても、嘘になる。驚くほど正直者である草太は、口を塞いだまま呻くばかりだ。

そんな草太を面白そうに見ていた梅枝は、片目をつぶって「うそ」と言った。

「え？」

「好きな子にキスしたいのは山々だけど、無理強いはしないって言ったろ？　絶対嫌だって言わずにいてくれただけで、俺は十分嬉しいよ」

「え？　じゃあ……」

草太はそろそろと口から手を下ろす。すると梅枝は、いきなりこう言った。

「ご褒美は、デートがいい。予定より早く仕事が終わった分の時間、俺にくれないか？　見たい映画があるんだ。チケット、取ってある。君も好きだといいんだけど」

そう言って梅枝が口にしたのは、草太が数年前に見て大好きになった映画の続編タイトルだった。見たいと思っていたが、公開直後で、きっと週末のチケットなど買えまいと諦めていたのだ。

「見たい！　僕もそれ、すっごく見たかったんです」

素直に歓声を上げた草太に、梅枝も嬉しそうに笑みを深くした。

「やった！　今日の俺はついてる。福島君もこの映画が好きだなんて、俺たち、けっこう趣味が合うんじゃね？」

たかが映画一本のことでガッツポーズまでしてみせる梅枝に、草太の警戒心や躊躇いも、自然とほどけていく。

「大袈裟ですよ。それに、僕がもし今日出社してなかったら、そのチケットどうするつもりだったんですか？」

思わず苦笑いで草太が訊ねると、梅枝は気障に肩を竦めた。

「ひとり寂しく見に行くか、映画館の前で、チケットが買えなくて悔しがっているカップルに譲るか……。でも、そんなことは考えてなかったな。君がいるって、何故か確信してた。まさに運命だね！」

「……また、もう……」

「いいから行こう。遅れたら勿体《もったい》ない！」

そう言うなり、さりげなく、しかし強引に、梅枝は草太の手を取った。

「ひゃっ！」

「大丈夫、誰もいない！　エレベーターを降りるまでなら、いいだろ？　誰かに会ったら、コンマ五秒で離すから」

そう言い終わる前に、梅枝は草太の手を引いて歩き出す。

「ちょ……待ってください、僕の返事、聞く気ないでしょ！」

「聞いてるよ～。いいって言ったよな？」

「言ってません！」

抗議しつつも、草太は本気で抵抗することはしなかった。いや、しないのではなく、できなかったのだ。

こんな風に誰かと手を繋ぐのは、小学校の運動会でフォークダンスを踊って以来だった。

そのときの相手はクラスメートの女子だったにもかかわらず、今の梅枝のように、自分より背が高く、手も大きかった。

（あの子の手も、梅枝さんの手みたく温かかったっけ……。いや、何だかあの子は、いか

にも仕方なくって感じだった。でも、今、梅枝さんは……)

「ゴメン、手汗掻いてても、見逃して。柄にもなく緊張してんだよ、これでも」

恥ずかしそうにそんなことを言いながらも、梅枝は草太の手を痛いほど強く握り、決して離そうとしない。

今、自分がこの手を強引に振り解いたら、きっとこっぴどく梅枝を傷つけてしまう。そんな気がして、誰か通りはしないかと忙しく周囲を見回すくせに、草太は梅枝に手を預けたまま、エレベーターに引っ張り込まれたのだった……。


土曜日だけあって、駅前の映画館は大入り満員だった。当日券を求めて長蛇の列を作る人々を横目に通路を進むのは、ちょっとした快感である。

二人はホットドッグと飲み物を買って、広いシアターの真ん中あたり、やや左の席に並んで腰掛けた。

「昼、食べ損ねちまったからな。こんなもんで悪いけど、時間なかった。ゴメン」

そう言って謝る梅枝に、草太は笑ってかぶりを振った。

「手伝ってもらって早く終わったんだし、映画のチケットもゲットしてもらったのに、梅枝さんが謝ってどうするんですか。それに僕、ホットドッグ好きですよ。食べるの久し振りだから、ちょっと嬉しくて」

「マジ？　だったらよかった。こういうとこで食うホットドッグとかポップコーンとか、やたら旨《うま》いよな。よし、熱いうちに食っちゃおう。いただきます」

「いただきます」

食べる前に律儀に両手を合わせる梅枝が何だか意外で、草太はホットドッグを頬張りながら微笑んだ。

つい最近まで感じていたはずの梅枝への嫌悪感は、彼の意外な面を知るたび少しずつ剝《は》がれ落ち、いつの間にか消え去っていた。今はただ、普段のスマートさに似合わぬ強引なやり方で、けれどひたすら草太を助けよう、喜ばせようと思って梅枝が色々してくれることを、素直に嬉しく思える。

（これって、どういう気持ちなんだろ……）

ジャンクだが妙に美味しい、バンズのふかふかしたホットドッグを平らげつつ、草太は開演前の喧騒《けんそう》をよそに、思いを巡らせた。

ほんの子供の頃に、恋愛に対して特大のトラウマとコンプレックスを植え付けられてしまったせいで、草太はこれまで、きちんと恋をしたことがない。

いいなと思う子がいても、どうせ駄目だとはなから諦めてしまうので、告白にすら至らないのだ。可愛いと言われるの嫌さに、中高時代は極力女子を避け、いつも俯いていた。

そんな彼だからこそ、今の梅枝への想いが単なる感謝なのか、それとも恋なのか、どうにも判断がつかない。

ただ、こうして梅枝と一緒にいるのは、奇妙なくらい心地よい。大事にされている、自分の一挙手一投足を見守られていると感じると、気持ちが安らぐ。

（好き……では、あるんだよな……）

物思いに耽《ふけ》りながら、いつの間にかホットドッグを食べ終えていた草太の手から、梅枝は包み紙をヒョイと取り上げた。

「ゴミ捨てて、ついでにデザートのアイス買ってくる。ちょっと待ってて」

そう言って、梅枝は斜めになった通路を弾むような足取りで上がっていく。首を巡らせてその背中を見送り、草太は小さな溜め息をついた。

（まるで女の子みたいに甘やかされてるけど……でも、嫌じゃない。っていうか……）

ふと周囲を見ると、シアターを埋め尽くすのは、年齢層は様々だが、カップルばかりである。皆、喋ったり飲み食いしたり、映画が始まる前から楽しそうだ。逆に彼らから見ると、たとえ同性でも、梅枝と草太もカップルに見えるのだろう。

（こ、これ……ホントにデート……なんだ、な……）

意識すると、途端にドキドキしてきて、草太は思わずポロシャツの胸元を押さえた。

先日、ファーストキスをドサクサで奪われたのに続いて、初デートまで、相手は梅枝ということになってしまった。

（どうしよう。僕もアレなのかな。好きになるのに男女は問わないほうなんだろうか。それとも……梅枝さんだから、こんな風に思うのかな。恋かどうか、悩んだりするのかな）

これまで自分はゲイではないと漠然《ばくぜん》と思っていたが、それは最初に好意を持ったのが女の子だったというだけのことだ。その後、一度も恋愛経験がないせいで、どうにも自分の性癖に自信が持てない。

「はあ……。自分で自分がわかんないって、どうすりゃいいんだよ、こういうの」

情けない声で独りごち、草太は水っぽいコーラをストローで吸い上げた……。

梅枝が戻ってほどなく、ブザーが鳴って場内が暗くなった。他の映画の予告編やコマーシャルが延々続いた後、ようやく映画が始まる。ふと、梅枝と反対側の隣から含み笑いが聞こえて、草太はついそちらを見た。

「！」

まだ二十歳そこそことおぼしき若いカップルが、嬉しそうに手を握り合い、何かを囁き合っているのに気づき、草太は慌てて視線をスクリーンに戻す。

（そっか……。デートだもんな。暗くなったら、そういう流れになるかもな。って、もしかして、梅枝さんも、そういうことしたいと思ってる……？）

映画に集中したいのに、そんな余計なことを考え、草太はチラチラと梅枝の様子を窺う。

だが梅枝は長い足を組み、ゆったり背もたれに身体を預けて、純粋に映画を楽しんでいる様子だ。

（そ、そうだよね。いくら何でも、いい歳の、しかも男同士があれはないよな）

大いにホッとし、しかしどこか物足りないような気もしつつ、草太は次第に、大画面で繰り広げられるカーアクションに夢中になっていった。


「……ん、福島君」

何故か、遠くから梅枝に優しく呼ばれている気がする。

（もう、映画の最中だってのに、梅枝さん、何考えてるんだろ）

「しゅよ……？」

静かに見なきゃ駄目ですよ、と窘めようとして、自分のぼやけた声に驚き、草太は目を開けた。

（ん？　んん？　僕、今、目を開けた……？）

混乱して、草太は重い瞼《まぶた》を何度か開閉した。

目の前の、何故か斜めになったスクリーンにはスタッフロールが流れていて、最後まで待たずに帰る人たちがぞろぞろと通路を歩いている。

セルフレームの眼鏡のつるが、目の横あたりに食い込んで鈍い痛みと共に自己主張している。そして、頬にはやや固いけれど温かな感触、頭には、髪を梳《す》くように弄《いじ》られるくすぐったいような感触が……。

「えぇっ⁉」

自分の置かれた状況を把握するなり、草太は奇声を上げた。だがすぐに、梅枝に「しーっ」と口を塞がれる。

「ようやくお目覚め？」

薄暗がりの中、目の前には、可笑しそうに笑う梅枝の顔があった。

「は……はわ……はわわわわわ」

まるで瞬間湯沸かし器のように、草太の首から額までが一気に真っ赤になった。

そう、こともあろうに映画の途中で寝入ってしまった草太は、さらに梅枝の肩にもたれかかり、彼に頭まで撫でられていたらしいのである。

まともに日本語が話せないほど動転している草太をよそに、梅枝は甘い眼差しで自分の右手を見下ろし、夢見るような口調で耳打ちした。

「前にも思ったけど、福島君の髪の毛、細くて柔らかくて気持ちいいな。綿菓子みたい」

「す……す、すいませんでしたっ。僕、せっかくの映画なのに寝ちゃったりして。面白かったのに、どうしてだろ」

しどろもどろになって、とにかく草太は平謝りする。だが梅枝は、ご機嫌な笑顔のままで、「疲れてたからだろ?」とあっさり言った。

「それは……確かに。だけど」

「ずっとアクションならよかったのに、途中で恋愛要素が挟まって、ちょっとスローダウンしたもんな。正直、俺もやばかった。暗いし、急に静かになったし、そりゃ、議事録のせいで寝不足の福島君が寝ちまっても不思議じゃないって」

「う、ううぅ」

「なーんかね、嬉しかったんだよ。福島君が、俺にもたれてくれて。俺の肩にほっぺた乗っけて、天使みたいに幸せそうな顔で寝てんだもん。信頼されてるんだなーって感じた」

「天使とかって、絶対嘘です。間抜けな顔して寝てたんでしょう、僕」

「俺には最高に可愛く見えたよ。他の奴はどう思うか知らないけど、俺しか見てなかったんだから、超絶可愛かったってことで」

「うー……」

いつもなら、可愛いと言われればもっとギャンギャン怒るところだが、今は、失礼なことをしてしまったという後悔の念が深すぎて、草太はそれ以上食い下がることができない。

そんな草太を宥めるように、今度は軽くポンと頭を叩いて梅枝は言った。

「正直言うと、俺も最後のほうは君の寝顔を見るのに忙しくて、映画どころじゃなかった。お互い、またの機会に一緒に見直そうか」

「じ、じゃあ、そのときは僕がチケット買います！　いい席、絶対押さえますから！」

「お、やった。次のデート確約！」

「あっ」

梅枝はしてやったりの得意顔で指を鳴らし、草太は自分の発言の意味に気づき、ますます顔を赤らめる。

これ以上からかうと、草太が頭のてっぺんから湯気を噴くとでも思ったのか、梅枝は立ち上がった。いつの間にかエンドロールも終わり、場内は明るくなっている。

「さ、行こう。そう遠くないところに、パンケーキの旨い店があるんだ」

「……パンケーキ？　って、ホットケーキみたいなもんですか？」

「そうそう。薄くて小さなホットケーキを、三枚重ねにしたのを想像して。で、ホイップバターと、メープルシロップをたっぷり。お好みでバニラアイスを添えて」

「食べたい！」

実は結構な甘党の草太は、さっきまでの自己嫌悪を忘れ、ぱあっと顔を輝かせる。梅枝も、笑顔で頷いた。

「ガッカリさせない自信はあるよ。じゃあ……って、さすがにここでは駄目か。おいで」

ごく自然に差し出した手を苦笑いで引っ込め、梅枝は先に出口に向かう。後を追いかけながらも、草太はチラと、自分の右手を見下ろした。

(今、右手、勝手にちょこっと動いたよな。会社でしたみたいに、梅枝さんの手、握るつもりだったのかよ……。こんな、人がいっぱいいる場所で)

どうやら自分は、予想以上に梅枝に心を寄せているらしい。やけに冷静にそんな分析をする脳と、目覚めてからずっとドキドキが収まらない心臓。アンバランスな身体と、フワフワしている心を持て余したまま、草太は梅枝と共に、映画館の外へ出た。

*　　*

結局その日、草太は梅枝とお茶を飲み、夕食まで一緒に摂ってから、駅で別れた。梅枝は家まで送っていきたそうにしていたが、草太が女の子ではあるまいし、ひとりで帰れると言い張ったのだ。

それからも、会社で新しいサプリ「毎日、これ一袋！」試作の作業で、草太は毎日のように、研究開発部の三人、つまり茨木、加島、梅枝と顔を合わせた。

とはいえ、茨木はリーダーとして各部署との連携を図るため多忙であり、加島は、サプリの売りである「全成分、食品由来！」を可能にするため、原料の選定に専念している。

それゆえ、錠剤の形状については、草太と梅枝が二人で検討することが自然と多くなった。

仕事中の梅枝は実に真面目で、草太にちょっかいを出すようなことはない。だが、いったん休憩に入ったり、仕事が終わったりすると、打って変わって口説きモードに突入する。

その変わり身の早さに呆気にとられているうちに、いつも食事の約束を取り付けられていたり、デートの予約を入れられていたり……、結局、この一週間あまり、草太はほぼ毎日、梅枝と顔を合わせ、かなり長時間を一緒に過ごした。

梅枝と仕事をすると、彼の柔軟なものの考え方に学ぶところが多かったし、オフはオフで、草太が何が食べたい、何がしたいと言えばすぐ、打てば響くように、その時々の気分に合った場所を選んでくれる。

話し上手であり、聞き上手でもある梅枝との会話はいつも楽しく、おまけに毎日、何度も「可愛い」だの「好きだ」だのと繰り返されるので、さすがにもうからかわれていると思って腹を立てることもなくなった。

つきあうという明言すらしなかったが、事実上、二人がしているのは、いわゆる「初々しいおつきあい」であり、おそらく梅枝は、その先をも期待しているのだと、初心《うぶ》な草太も何かにつけてそう感じることがある。

そしてついに昨日は、二人で夕食を摂った帰り道、何度目かの梅枝の「いい？」というストレートなおねだりに根負けして、二度目の……しかも前回よりずっと長く深いキスを許してしまった。

仕事が順調に進んでいて気分が軽かったとか、夕食に食べた釜飯が美味しかったとか、夜の公園で何となく気持ちが盛り上がってしまっていたとか、言い訳は色々と胸の内にある。

しかし、何より肝腎なのは、草太自身、決して嫌ではなかったのだ。

それどころか、あんなに遊び慣れているらしき容姿抜群の梅枝が、自分のキス一つであんなに嬉しそうに笑み崩れるのを目のあたりにすると、胸が熱くなり、愛《いと》おしささえ覚えた。

「ゴメン。いきなり飛ばしすぎたか」

初めての深いキスに息継ぎのタイミングがわからず、酸欠で軽い眩暈を起こした草太を危ういところで抱き留め、梅枝は反省の弁を述べつつもずっと笑顔だった。

(何だかだ言って僕も、抱き返し……ちゃったりとか、してたよな)

あのときの、自分を抱き締める梅枝の腕の力強さや、スーツ越しに感じた体温や、抱き返したときに感じた、しっかりした背筋……。

そうしたものを思い出すと、わけのわからない感覚に全身がゾクゾクして、草太は思わずブンブンと首を振った。

(馬鹿馬鹿、仕事中に何考えてるんだ!)

「福島君? どうかしたのか?」

傍らで訝しげに問いかけてきたのは、梅枝ではなく、加島だった。眼鏡越しの、意外と鋭い視線を受けて、草太は慌てて咄嗟《とっさ》に言い訳をする。

「あ、い、いえ、何でもないです。ちょっと考えがこんがらかってきたんで、つい」

「そうか。ならいいんだが。休憩したくなったら、いつでも言ってくれ」

特に怪しむ風もなく、相変わらずの涼しい顔で加島は応じた。

今日は梅枝が他社へ出張なので、草太はサプリメント研究開発部第一課のオフィスで、加島と検討を重ねていた。

「大丈夫です。じゃあ、四十歳からと六十歳からのサプリには男女とも、若い人用のアントシアニン錠に、ルテインを追加するんですね？」

「ああ。ルテインが黄斑変性症を予防する効果を持つと、最近は期待されているからな」

「黄斑……変性症？」

「そうか、君は工学部卒だったな。解剖学は今一つか」

「今五つ、くらいです。すいません」

「眼球でもっとも視細胞が密集している、つまりいちばんよく見える部分を黄斑という。その部分に、ルテインは多く含まれるんだ。加齢によってルテインが減少すると、ルテインの持つ抗酸化作用が弱まり、黄斑部の変性が生じやすくなる。簡略に言えば、視力が衰えるわけだ。もっと詳しく説明してもいいが、小一時間かかる」

生真面目な顔で、加島はそう言った。おそらく、冗談を言っているのではない。草太は慌てて両手を振った。

「いえ、それは後で勉強しますっ。なるほど。それで、中高年に必要なわけですね。んーと、アントシアニンはビルベリーとカシスから、ルテインはマリーゴールドから……って、マリーゴールドって食べられるんでしたっけ？　黄色い花ですよね？」

草太のツッコミに、加島はちょっと渋い顔になった。しょっちゅう顔を合わせているおかげで、ようやく草太も加島のポーカーフェイスに慣れ、彼の表情の微妙な変化にも気づけるようになってきた。

「まあ、この場合のマリーゴールドは、ポットマリーゴールド、つまり、薬用にも食用にもなる植物だ。ヨーロッパでは実際、若葉をサラダにしたり、花をサフランの代用にしたりするらしい。……もっとも日本でこれを食べる人間はそうそういないと思うがな」

「だから、食品と書いてもギリギリ嘘じゃない、と」

「そういうことだ」

草太は持って来たサンプルの中から、ソフトカプセルを加島に示した。

「やっぱりソフトカプセルがいいですよね。色は、アントシアニンだけのカプセルと同じでいいですか？　ルテインはゴールドかもですけど、その色、納豆菌に使いたいので」

「ああ、それでいい。ルテインは匂わないが、ビルベリーの香りはどのみち残る。どうしてもベリーを連想するだろうから、色も合わせておけばいい」

「そうですね。僕、ベリーのソフトカプセル、好きです。美味しそうな匂いがして」

「僕もだ。いかにも食品という感じがしていい。……と、もう三時か。そろそろ休憩しよう。コーヒーでいいか？　砂糖とミルクは？」

「あっ、ありがとうございます。少し栄養補給したいので、どっちも入れます」

「わかった。待っていてくれ」

加島はオフィスを出て行く。たぶんここでも、リフレッシュコーナーにコーヒーサーバーがあるのだろう。ほどなく、カップホルダーにプラカップを差し込んだお馴染みのものを二つ持って戻ってきた。オフィスの片隅に、コーヒーのいい匂いが漂う。

「どうぞ。一応、砂糖とミルクは二つずつ持って来た。好きなだけ使うといい」

「ありがとうございます」

どうもこの加島という男は、言動がいささかきっちりしていて堅苦しいのだが、わりに親切で、気を回すたちらしい。草太はありがたく砂糖とミルクをひとつずつ投入し、熱いコーヒーを啜ってふうっと息を漏らした。

「ずいぶん、まとまってきたな」

「はい。若年層のパックは男女とももう出来上がったので、あとは中高年層の、追加の成分をフィックスすれば、試作とパッケージの段階に進めますね」

「ああ。原材料を吟味すれば、オーガニックのものを使っても、ある程度原価は抑えられそうだ。健康食品でしっかりしたパイプを築いておいたのが、こんなところで役立つとはな」

そんな短い会話をして、加島はふと口を噤《つぐ》んだ。あまり、世間話が得意なほうではないのだろう。あるいは、人見知りなのかもしれない。

周囲に人がいないので、やや沈黙が気詰まりになり、草太は口を開いた。

「あの、梅枝さんが言ってましたけど、加島さん、入社以来ずっと、梅枝さんとつきあいがあったんですよね？　職場が違うときも、時々会って飲んでたって」

すると加島は、それがどうしたと言わんばかりに肩を竦めた。

「確かに、あいつとは絵に描いたような腐れ縁だな。それがどうした？」

こちらから話題を振れば、会話自体は嫌ではないらしい。そう感じた草太は、この一週間あまり、ずっと気に掛かっていたことを口にしてみた。

「その、加島さんだったら、梅枝さんがどんな人かご存じかと思って」

加島は、いかにも不思議そうに、鼻筋に軽く皺を寄せた。

「梅枝の人となりを知りたい？」

「はい。加島さん、梅枝さんと社内ではいちばん仲良しなんでしょう？」

草太は頷いてそう言ったが、加島は何故か無表情のまま数秒沈黙し、ボソリと言った。

「仲良しと言えばそうなのかもしれないが、僕はあいつを評して言うのに、いい奴だ、という言葉以外、持ちあわせない」

そのありふれているにも程があるフレーズに、草太はガックリと肩を落とす。

「それはもう知ってます……ていうか、僕が知りたいのは、加島さんは同期の人にはどんな顔見せるのかとか、学生時代は何をしてたのかってことなんです。訊いても、あんまり教えてくれないので」

すると加島はカップホルダーを机に置き、透かすように草太の顔を見た。

「一つ目の疑問に対しては、すぐ答えられる。あいつは誰に対しても態度を変えることはない。いつも、気のいい男だ」

四角四面の加島がそう言うのなら、きっとその通り、裏表のない性格なのだろう。草太は少し嬉しくなって、先を促した。

「じゃあ、学生時代のことは？」

「知らない。プライベートなことをわざわざ聞き出そうとしたことはないんだ。相手が話したいならいくらでも聞くが、梅枝が自分の過去について詳しく語ったことはない」

あっさりそう断言され、草太は膨れっ面をした。

「加島さんでも、そうなんですか。僕が何度聞いても、高校の部活さえ教えてくれないんですよ。どうしてだろ。僕のは聞いといて、不公平だと思いません？」

そう、草太がここしばらく不審に思っていたのは、梅枝の、奇妙な秘密主義だった。今の自分のことはあけすけなまでに喋るくせに、学生時代のことを訊くと、物凄い勢いで誤魔化され、話題を変えられてしまうのだ。

別に詮索するつもりはないが、そこまであからさまだとさすがに気になって、情報を集めてみたくもなる。

加島は曖昧に首を傾げ、やはりつくづく草太を見て問い返した。

「何故、そんなことを知りたい？　梅枝の過去が、仕事の上で必要か？」

「いえ、仕事には関係なくて……あっ」

うっかりポロリと本音を漏らしてしまい、草太はしまったという顔つきになった。だがもう、後の祭りである。そろそろと上目遣いに加島を見ると、彼は、やれやれと言って、口角を微妙に上げた。

「加島さん？」

「なんだ、僕はてっきり、一方的に梅枝が君を追いかけ回しているだけだと思っていた。そろそろ、ストーカーまがいの行為はやめろと忠告すべきかと思っていたが、好意が双方向になったのなら、その懸念は無用だな。君はあいつが嫌いだとばかり思っていたのに」

「えっ？　いえ、嫌いとかじゃ……。ちょっと苦手ではありましたけど、今はそんなことは。って、こ、好意……」

「君も、梅枝に好意を持っているんだろう？　だから、過去を知りたいと思う。違うか？」

「え？　う、あ」

いきなりの指摘に、草太は言葉に詰まった。休憩時間とはいえ、職場でそんな話をされると、真面目な彼は、どうしていいかわからなくなるのだ。

だが加島は、その沈黙を肯定と受け取ったらしい。キョドキョドする草太に、彼は淡く微笑した。

「別に、狼狽えることはないだろう。人を嫌うより、好きになるほうがいいに決まっている。そうだ。梅枝のことなら、僕よりつきあいが短いのに、僕より詳しそうな男がいる。今日の仕事帰り、予定はあるか？」

「い、いえ、特には」

「だったら、その男に引き合わせよう。梅枝の過去の探究は、それまで頭から追い出しておくといい。……仕事に戻ろうか」

「あ、は、はい」

その男とはいったい……と訊ねる隙を草太に与えず、加島は再び資料を手元に引き寄せる。

(好意……。好意、かあ。便利な言葉だよな。どんな「好き」にも使っていいんだもん。って、駄目だ、今は仕事に集中！)

油断するとすぐ梅枝のことばかり考えようとする脳を叱咤《しった》して、草太も製剤サンプルのプラスチックケースに手を伸ばした……。

その日の午後七時過ぎ、加島が草太を連れていったのは、電車で六駅ほど離れた古くからの商店街の一角にある、小さなカレーショップだった。カフェのような店構えだが、白いペンキで塗られた扉には、不格好な手描き文字で「カレーのせりざわ」と書いてあった。おそらくそれが店名、そしてせりざわ、というのがオーナーの名前なのだろう。

「あの……ここで、その梅枝さんのことを知ってる人と待ち合わせなんですか？」

わけがわからなくて不安そうに訊ねる草太に、加島は無言で頷き、店内に入った。

店内にはテーブル席が六つあり、客は一組だけだった。その一組の男性二人客も、草太たちと入れ違いに食事を終え、席を立ったところである。

「先生、めっちゃくちゃ美味しかったよ！　連れてきてくれてありがと！　今日で、俺のカレー人生変わった！」

大声でそう言っているのは、アスリートか格闘家とおぼしき、極めて体格のいい大柄な青年である。よほどここのカレーは旨かったらしい。

「うるさい。カレーが旨いのは事実だが、店の中で大声を出すんじゃない」

彼の連れで、こちらはスーツ姿の、フレームレスの眼鏡をかけた男性は、支払いをしながら顰めっ面で青年を窘めた。青年のほうは、悪びれず頭を掻いて笑っている。

「あはは、ごめん。でも、ホントに旨かったです。ご馳走様《ちそうさま》でした！」

「ありがとうございます。旨いって、何より嬉しい言葉です。……はい、六百円のお返し」

レジを打っていた店員らしき青年も、心底嬉しそうにそう応じた。眼鏡の、理知的だが酷薄そうな顔立ちの男性は、財布をポケットにしまい、青年に声を掛けた。

「帰るぞ、まんじ」

「はーい」

二人が店を出て行くと、店内は急に静かになる。そういえば、店内には音楽すら流れていない。

(でっかい人の名前が、まんじ、なのかな。相手の人、先生って呼ばれてた。どういう関係なんだろ。仲よさそうだったけど)

去って行った二人の関係性に草太が思いを巡らせていると、レジを離れた店員が、邪魔にならない場所で待っていた二人に……というか、加島に声を掛けた。

「ごめんね、お待たせ、加島さん。ええと、その人が……」

すると加島は、草太が初めて見る柔らかな笑顔になって、青年に草太を紹介した。

「ああ、今、同じプロジェクトチームで働いている、打錠室の福島君だ。福島君、こいつは芹沢匠《せりざわたくみ》。この店のオーナーシェフをしている」

「どうも、はじめまして！　うちの加島さんが、お世話になってます」

やや長めの黒々したザンバラ髪をまとめていたタオルをむしり取り、長身の青年は勢いよく頭を下げて、そんな挨拶をした。草太は面食らって、挨拶を返すのも忘れて問い返してしまう。

「うちの加島さん⁉」

「そう、うちの加島さん。美人でしょ？」

「び……じん⁉」

思わず青年……芹沢と加島を見比べる草太に、加島は決まり悪そうに目元を赤らめて説明した。

「まあ、そういうことだ。とにかく、座れ。どこでもいいんだろう、芹沢？」

「いいよ。もう終わりだし。……っていうか、ゴメン。カレーは確保してあるんだけどさ、さっきのお客さん……あのでっかいお兄さんがよく食べる人で、ご飯があと一人分しかないんだ。ご飯半分ずつにチャパティ焼いて添えるから、それで勘弁してね」

「構わない」

加島が頷くと、芹沢は店の奥にあるキッチンへ消えた。

「ここでいいか」

もう誰もいない店内で、加島は勝手知ったる何とやらの顔つきで、適当なテーブルについた。草太も、まだ戸惑いながらその向かいに座る。

（うちの加島さんってことは、あの人、加島さんの彼氏……っていうか、もうパートナーってことか。そうなんだ。加島さん、恋愛なんてしそうじゃない感じなのに）

チラチラと加島を見ながら草太が考えていると、おそらく大学生であろうバイト店員の青年が、水と小さなポーションのサラダを持って来た。

「いらっしゃい。加島さんは、マンゴーラッシーですよね。そっちの方は、ドリンク何になさいますか？」

「あ、じゃあ、僕も同じで」

「はーい」

愛想よく頷いて、バイト店員もまた奥へ引っ込む。フォークを手に、加島は少しはにかんだ様子で言った。

「せっかくだから、ご馳走させてくれ。芹沢のカレーは、身贔屓ではなく、本当に旨いんだ」

「さっきのお客さんたちも、そう言ってましたね。あの、メニューとかないんですか？」

「メニューは、日替わり一種類だけだ。何とも不自由な店だが、意外とそれが評判らしい。世の中、何が幸いするかわからないな」

そう言って笑う加島はやけに幸せそうで、草太も釣られて笑顔になってしまう。おまけに、何とはなしに頬張ったサラダが、やけに旨い。もう閉店間際だというのに、キャベツもピーマンもトマトもシャッキリ冷えていて、カレー風味のドレッシングが実によく合う。すぐに運ばれてきたマンゴーラッシーも、濃厚だが甘さはほどほどで、食事にピッタリだった。

空腹だったこともあり、草太はペロリとサラダを平らげてしまった。やがて芹沢が、バイト店員と共にカレーを運んでくる。

「お待たせ！　今日は、薄切りの豚肉と、茄子、舞茸、エリンギのカレーです。上に乗ってるのは、サツマイモとレンコンのチップス。バリバリ砕いて、カレーと一緒に食べてね」

そう言って目の前に置かれたカレーの皿に、草太は思わず歓声を上げた。

さらりとしたカレーは具だくさんで、驚くほど旨そうだった。複雑に取り合わせたスパイスが、決して刺激的過ぎず、丸みのある優しい香りを立ち上らせている。

「いただきます！」

加島に勧められるまでもなく、草太は焼きたてのチャパティをちぎり、カレーをたっぷり掬《すく》って頬張った。

「美味しい！　これ、凄いや。絶対に家で作れないカレーですね。チップスが凄くいいアクセントになってる」

そんな素直な賛辞に、まるで自分が褒められたように、加島は嬉しそうな顔をした。

「そうか。それはよかった。……ああ、芹沢、電話でも言ったが、福島君は梅枝の話が聞きたいらしい。あいつ、ここによく来ているんだろう?」

仕事を終えて、加島の横に腰を下ろした芹沢は、人懐っこい笑みを浮かべて頷いた。

「うん。開店したてでお客さんが少なかった頃から、しょっちゅう来てくれてた。新しいお客さんもどんどん紹介してくれてさ。すっごく助かった。いい人だよ。あ、ほら、茨木さんも、梅枝さんが連れてきた。さっきの二人連れは、茨木さんの知り合いだって」

「へえ……! じゃあ芹沢さん、梅枝さんとよく話すんですか? 昔の話とかも?」

もしかしたら、この気さくな青年には、梅枝がもっと心を開いてあれこれ話しているのではないかと、草太は内心期待して問いかけてみた。

だが芹沢は、しっかりした眉をハの字にして、ちょっと困った顔でかぶりを振った。

「んー? 昔の話? それはあんまり知らないなあ。ただ、大学に入る勉強始めたのは、高三になってからだって聞いた。それはビックリしたから覚えてる」

「高三になってから? マジですか?」

「うん。よっぽど賢くないと、現役で合格したりしないよね?」

「そう思います。そう、だったんだ……」

ということは、梅枝は高校三年生のとき、突然、薬学部を志したわけだ。そのあたりに、人生の大きな転機があったのかもしれない。

(何があったんだろう。もしかして、ご家族の誰かが病気になったとか? だから、あんまりその頃のこと、喋りたくないんだろうか。だったら僕、凄く無神経な質問を……）

ほんの僅《わず》かな情報から想像をたくましくしていた草太をよそに、芹沢は、空いたテーブルの調味料を回収に出て来たバイト店員を呼び止めた。

「あ、今里《いまざと》君、ちょっとちょっと。梅枝さんのこと、知りたいって人が来てるんだけど。ほら、俺、最近はキッチンに詰めてることが多いから、あんまり喋ってる暇なくてさ。君のほうがよく話してるんじゃない？」

するとと、今里と呼ばれた、いかにも今どきの小綺麗な顔をしたバイト店員は、あっけらかんとこう言った。

「話ってか、俺、こないだの土曜日、梅枝さんとデートしちゃいましたよ」

「！」

デートという言葉に、草太と加島は文字通り凍《こお》り付く。だが、何も知らない芹沢は「嘘だろ」と笑った。今里は、ブンブンと片手を顔の前で振ってみせる。

「マジマジ。どうしても頼むって言われて。ほら、こないだできた新しいショッピングモール、あるでしょ。あそこ行って、ちょいと買い物して、滅茶苦茶隠れ家っぽいカフェでお茶して、晩飯も奢って貰って、しめにホテルのバーまで。ねっ、超本格的デートコースでしょ。やー、俺、男と付き合う趣味ないっすけど、あんないいとこばっか連れてかれたら、ちょっとクラッときちゃいますわ」

「…………」

今里はまだ何か言っていたが、もはや草太の耳には……いや、彼の脳には、それ以上の言葉が入る余地などなかった。

（こないだの土曜日って……梅枝さんが、大事な用事があって、君をデートに誘えないんだ、残念って言ってた日だ。その日に、梅枝さん、別の人と……デート、行ってたんだ。しかも、そんなフルコースで……）

「……おい、福島君」

珍しくあからさまに焦った様子で加島が呼びかける声すら、草太には聞こえない。ただ、頭の中には、さっきの今里の言葉がワンワンとこだましていた。

（僕を誘えないって言ったのに、あのバイト君に、どうしてもって頼み込んでデートしたんだ。バイト君とのデートが、大事な用事だったんだ……）

「そんな……」

震える声が、草太の唇から零《こぼ》れる。

（そりゃ、まだつきあってないけど、だからって、あんなに僕を好きだとか可愛いとか、毎日何遍も繰り返しといて……僕がいちばん大事だってはっきり言っといて、そんなことするんだ、梅枝さん）

これまで梅枝に寄せた信頼と、彼からもらった温かな気持ちと同じだけ、いやそれ以上の失望と悲しみと怒りが、草太の胸を黒く塗り潰していく。

「………」

どうやら何を言っても今は駄目だと察した加島は、眉間に手を当てて力なく首を振った。

「え？　何？　どうかしたの、二人とも。つか、大丈夫、福島さん？」

恋人の沈痛な面持ちと、突然蒼白《そうはく》になって、両の拳《こぶし》をテーブルの上で握りしめたまま小刻みに震えだした草太に、呑気に笑っていた芹沢も、異状に気づいたらしい。

「福島さん？」

おっかなびっくりで名を呼びながら、草太の二の腕に触れようとする。

だが草太は、それより一瞬早く、弾かれたように立ち上がった。

「……信じられない……！」

そんな言葉を発したことさえ、本人は自覚しているかどうか。

「福島君っ！」

呼び止める加島の声を振り切って、草太は店を飛び出した。

もう一秒でも、あの今里というバイト店員の顔を見ていたくなかった。これ以上、梅枝とのデートの話も聞きたくなかった。

商店街の店はもう軒並み閉店して、往来には人通りがほとんどない。蛍光灯に寒々しく照らされたアーケードを、草太は駅のほうに向かって歩いた。

どんなに考えまいとしても、脳裏には、今里と楽しく過ごしたときに見せていたであろう、梅枝の笑顔が浮かんで離れない。

身長も十分にあり、容姿も整っている今里なら、自分などよりずっと、梅枝とバランスがいいだろう。お似合いのカップルという奴だ。

(馬鹿だった……! 好きだって言われてころっと騙《だま》されて、信じた僕が、馬鹿だった)

荒れ狂う感情に胸が押し潰されそうで、目の奥がツンとする。少しでも気を抜けば、泣き出してしまうだろう。

(情けない。どうして逃げ出さなきゃいけないいんだ。どうして……こんな惨《みじ》めな気持ちにならなきゃいけないいんだ……!)

ただひたすらに肌寒い夜風を頰に受けながら、草太は生まれて初めて味わう絶望を噛みしめ、息が弾むほど足早に歩き続けた……。

五章　不器用な男たち

乱暴に閉めたカーテンの隙間から、朝日が差している。

その白い光がもろに顔面に当たるせいで、草太は眩《まぶ》しさに呻きながら目を覚ました。

「……うー……」

眼球が膨れあがって、瞼を内側からぎゅうぎゅう押しているような違和感がある。

理由は明らかだ。

(昨夜うっかり、悔し泣きなんかするからだ、僕の馬鹿。絶対、目が腫れてる)

鈍く痛む頭をふかふかの枕に埋めたまま、草太は両目を覆い、ううう、と再び呻いた。

昨夜、どうやってカレー屋から家に帰ってきたのか、まるで記憶がない。気がついたら、自宅のベッドに腰掛け、おそらく近所のコンビニで買ったとおぼしきアイスキャンデーを三本立て続けにやけ食いしながら、ボロボロ泣いていた。

そのままベッドに倒れ込んで眠ってしまったので、上着とネクタイはベッドの上に散らばっており、スラックスとワイシャツに至っては着たままでしわくちゃである。

「……くそ」

すぐに起き上がる気力が湧かず、草太はごろりとうつ伏せになった。乾いた涙のせいだろう、枕に触れた頬に、軽く引きつるような違和感がある。

「どうしてこうなっちゃったんだろ……って、わかりきってるくせに、何言ってんだか」

自分の呟きに自分でツッコミを入れ、草太は唇を噛んだ。

梅枝にうっかり心を開いたりするから、こんなことになる。昨夜から、何度となくそんな言葉で自分を責めてきた。

ことあるごとに好きだと言われ、甘やかされ、ずっといけすかないと思っていた男であるにもかかわらず、梅枝と共にいることを心地よいと思ってしまった。

職場で毎日のように顔を合わせ、仕事に真剣に取り組む姿を目の当たりにしたせいで、先輩として尊敬の念を抱いてしまった。

会議の最中、場の雰囲気をよくするため、梅枝がどれほどさりげない気遣いをしているかを知って胸温まる思いをし、自分と食事に行ったり遊びに行ったりしても、いつも草太が楽しめるよう心配りしてくれているのに気づいて、大事にされていると感じて嬉しくなった。

そんな、温かな思いをひとつずつ積み重ねながら、草太はいつしか、自分が思っているよりずっと強く、梅枝に惹かれていた。

だが、それに草太が気づいたのは、皮肉にも昨夜、梅枝が実に不誠実な……草太がいちばん大事だと言っておきながら、他の男と平気でデートするような男だと知り、そのことに大きなショックを受けた瞬間だった。

自分を好きだと言ったその口で、梅枝はあの今里という、いかにももてそうな青年を誘った。彼と二人で楽しい時間を過ごしながら、甘い眼差しととろけそうな声で、きっと自分に言ったのと同じような言葉を囁いたのだろう。

もしかすると、草太にしたような情熱的なキスも……したのかもしれない。

その光景を想像すると、真っ赤に焼けた鉄の塊を胸に押しつけられたように苦しかった。

自分は梅枝が好きになっていたのだ、これはただの「好き」ではない、きっと恋なのだと、いくら鈍い草太でも気づかざるを得ない。それほどまでに心の痛みは鋭く、深かった。

だが、今さらそれがわかって何になる。草太は自嘲の念に顔を歪《ゆが》めた。

(僕が梅枝さんを好きだからって、もうどうにもならないじゃないか)

昨夜のことで、梅枝への想いが綺麗さっぱり消えたわけではない。だからこそ、こんなに苦しいのだ。

それでも、梅枝とつきあうという明確な意思表示をしていなかった自分に、彼を非難する資格はない。いくら、梅枝にそんなことをしてほしくなかったと思っていても、恋人でもないくせに、それを口にするのは理不尽というものだ。

遊び慣れているらしき梅枝にしてみれば、初心な草太をからかって弄《もてあそ》ぶのは、きっと面白かったことだろう。あるいはあまりにもコロリと騙せたのでつまらなくなり、草太への興味が薄れて、あのバイト店員をデートに誘ったのかもしれない。

どちらにしても、梅枝にとって、草太はその程度の価値しかなかったということになる。

(僕の気持ちなんか……もう、梅枝さんにとってはどうでもいいことなんだ)

梅枝の仕打ちが悲しくて悔しくて、昨日はつい泣いてしまったが、一夜明けてみると、むしろ強い憤りを覚える。しかも梅枝に対してよりも、迂闊《うかつ》な自分に腹が立って仕方ない。

「仕事……行きたくない……とか言ってちゃ駄目だ！　残された日数が少ないのに、こんな個人的なことでめげてる場合じゃない」

自分自身を励ますように声に出してそう言い、草太はむっくりと起き上がった。洗面所に行き、鏡の中の無様な自分を睨みつける。

梅枝に言うべきことは確実にあるが、その前に、大事な仕事が大詰めだというのに、こんなことにうつつを抜かした挙げ句、足元をすくわれた自分を猛省すべきだ。

これからは仕事のことだけを考え、プロジェクトが成功するよう全力を尽くす。それが、唯一自分がやるべきことだと、草太は自分に言い聞かせた。

「そうだ。あんな奴のために落ち込むのは、一晩で十分だ！」

胸にわだかまる思いを振り払うように強い口調でそう言い放ち、草太は乱暴に愛用の電動歯ブラシを充電スタンドからひき抜いた……。

出社するとすぐ、草太は研究開発第二課へ足を向けた。

幸い、茨木はオフィスにいて、草太の顔を見るとすぐにやってきてくれた。

「おはようございます、福島君。どうしました？」

草太は挨拶を返してから、躊躇いがちに言った。

「あの……相談っていうか、お願いがあるんです」

「僕にですか？　ええ、僕にできることでしたら。何でしょう？」

にこやかに問いかけられ、草太は強張った顔で切り出す。

「あの、そろそろ僕の仕事は佳境なんですけど……」

「ええ、サプリの原料が揃いつつありますから、いよいよ君の腕の見せ所ですね」

「はい。あの……試作中、研究開発部の方と打ち合わせしたり相談したりすることがちょくちょくあると思うんですけど……それ、茨木さんか加島さんにお願いできないかと」

勇気を奮い起こしてそう言った草太に、茨木は笑みを引っ込め、心配そうに問いかけた。

「ここのところ、君は梅枝と順調に仕事を進めてきたと思ったんですが……もしや、彼と何か問題が？」

察しのいい茨木に嘘をついても無駄だろう。そう直感した草太は、正直に頷いた。

「……はい。でも、それは個人的なことなので、言いたくないです」

するとで茨木は、困り顔で草太を見た。

「つまり、君はプライベートな時間にプライベートな案件で梅枝と諍《いさか》いを起こし、それが仕事に悪い影響を与えそうなので、仕事においても彼との接触を避けたいと?」

茨木の口調も表情も相変わらず穏やかだが、眼鏡の奥の目だけが微妙に笑っていないのが怖い。

「諍いってわけじゃないです。僕が一方的に……いえ、すみません。とにかく……あの、恥ずかしいこと言ってるのはわかってるんですけど、でも」

凝視されるのに耐えきれず、草太は羞恥に目を伏せた。おそらく本人は気づいていないだろうが、両の拳は、震えるほど固く握り締められている。

茨木はしばらく黙っていたが、やがて白衣の肩を竦めてあっさり言った。

「構いませんよ。僕ら三人の作業分担の関係で、梅枝と一緒に仕事をしてもらう機会が多かっただけで、加島はそろそろ手が空く頃です。僕はリーダーとしての仕事があるので難しいですが、君が希望するなら、打錠室との連携は、加島に頼みましょう」

もっと追及されると覚悟していた草太は、幾分拍子抜けして茨木の温和な顔を見た。

「いいんですか?」

「それで作業が円滑に進むなら、何の問題もありません。僕は、君と梅枝のプライベートには何の興味もありませんからね」

「あ……は、はあ」

むしろ冷淡なほどことなげに言った茨木は、ふと顔を引き締め、諭すような口調でこう付け加えた。

「ただし、プロジェクトリーダーとしては、メンバーの円滑な人間関係を保つことも仕事のうちです。いくらプライベートで揉めたからといって、会議の場などで険悪になられては、他のメンバーに迷惑をかけることになります」

「あ……」

「梅枝と何があったかは訊きませんが、職場の同僚、年長者としての彼への礼節は、決して失わないように。それは、重々お願いしておきますよ？」

どこまでも優しい物腰の、しかし決して甘くないリーダーの苦言に、草太は「はい」と頷いた。茨木は、再び口調を和らげて問いかけてくる。

「では、第一課の二人には、僕から伝えておきます。何か、梅枝に伝言はありますか？」

「……いえ。顔を合わせたら、僕から言います」

「そうですか。では、僕は三島さんたちと打ち合わせがあるので、失礼しても？」

「あ、すいません。ありがとうございました！」

茨木に礼を言って、草太は自分のオフィスに戻った。プロジェクトの仕事ばかりをやっているわけにはいかず、別件もいくつか入るので、すぐさま別のサプリメントを試作すべく、気持ちを切り替えて作業室へ向かう。

錠剤をどのくらいの固さに仕上げるかは、体内での溶解スピードを左右する意外と重要な要素である。無論、事前に計算して条件を決定するのだが、実際に錠剤を打ってみてから、いわゆる職人の経験補正というべき微調整をかける必要があるのだ。

平野室長のようなベテランなら、一度か二度打てば、経験からピタリとベストな状態に持って行けるが、まだ駆け出しの草太は、何度も試行錯誤を繰り返さなければ、満足いく錠剤を打つことができない。

とはいえ預かった材料には限りがあるので、一回一回が真剣勝負である。呼吸を忘れるほど集中して錠剤成型機に向かっていた草太は、大きな声で名前を呼ばれ、ビックリして顔を上げた。いつの間にか、すぐ傍に実咲が立っている。

「は、はい？」

「さっきから、さんざん呼んでるのに。オフィスにお客様よ。研究開発部の加島さん」

歯切れのいい口調でそう言って、実咲はドラフトのほうへ行った。彼女は今、ソフトカプセルの試作をしていて、カプセルの材料となるゼラチン液の配合に工夫を凝らしているのである。

「すいません、ありがとうございます」

実咲の背中に声を掛け、草太は急いでオフィスに向かった。きっと茨木に言われて、加島がサプリの材料を揃えて持って来てくれたのだろう。急に仕事を振られて、気を悪くしているかもしれない。

何より、昨夜の無礼を、草太はまだ加島に謝罪できていないのだ。それを思うと、草太の胸は、今朝、茨木に会いに行ったとき以上にドキドキし始めた。

（とにかく、まずは謝ろう）

一つ大きく深呼吸して気持ちを落ち着け、草太はオフィスに入った。予想どおり、そこには白衣姿の加島が立っていた。緊張で強張った顔の草太を見ると、ポーカーフェイスの眉を僅かにひそめて口を開く。

「おはよう。試作用の素材をまずは五種類分、持って来た。どれもタブレットばかりだ」

「おはようございます。そ、その、昨夜は失礼しましたッ。せっかくの美味しいカレーだったのに、店を飛び出すようなことしちゃって。芹沢さんにも、申し訳なかったです。あと、今日のことも、いきなりですみませんでした！」

加島は仕事の話をしようとしたが、草太はまず、朝の挨拶と謝罪を立て続けに口にした。

「…………」

加島は口を閉ざし、周囲を見回す。誰もいないことを慎重に確認してから、彼は再び草太をじっと見て言った。

「いや。君が謝った二件とも、気にする必要はない。どちらも原因は梅枝なんだろうし、芹沢も、今里君が迂闊なことを言ったと悟ってからは、君に申し訳ないと言っていた」

「いえ、それは……」

「仕事に関しても、内容を考えれば、僕がフォローするのが適当だろう。……どちらにせよ、僕が君を芹沢の店に連れていかなければ、君を動揺させることはなかった」

どこまでも感情を滲ませず淡々と語る加島に、草太は狼狽えながらも同意する。

「それは……でも、あの、知らなかったほうが問題だと思うので」

「それは昨夜の、今里君がした話についてか？」

「……はい。後になって知るよりは、早く聞けてよかったです」

「そうか。そう言ってくれると、僕も少しは気が楽だ。慣れないお節介などしたせいで、いたずらに話をややこしくしたかと、困惑していた」

「いえ、そんなことはないです！　加島さんには、感謝してます。ホントです」

「……そうか」

加島は本当に安堵したらしく、端整な顔を軽くほころばせた。そして、「また余計な世話かもしれないが」と、草太にこう問いかけた。

「今回の件で、僕にまだ何かできることがあれば、言ってくれ。昨夜のことは、梅枝には何も話していないが、もし、言ったほうがいいなら……」

草太は慌てて手を振った。

「いえ、それは。仕事の邪魔にならないタイミングをはかって、僕のほうから話をしようと思うので」

「そうか。では、僕は沈黙を守るとしよう。……これが素材だ。成分表は、前に資料で渡したとおりだが、一応添付しておいた。ああ、カルシウムだけは、貝殻由来の焼成カルシウムから、牛乳由来の乳酸カルシウムに変更してみた。理由は単純に、吸収効率の差だ」

「わかりました。じゃあ、サンプルが出来次第、お届けしますね」

「ああ。何か問題があったら、すぐに知らせてほしい。オフィスを空けることも多いが、すぐに連絡がつくようにしておく」

「わかりました」

「梅枝と違って、僕は気が利く方じゃない。不足があれば、遠慮なく言ってくれ」

そう言い残し、素材の詰まった大きなサンプルケースを草太に託して、加島は去って行った。

「……ふう」

とりあえず、加島に謝罪を済ませることができて少し気が楽になった草太は、大きな溜め息と共に自席の椅子にへたり込んだ。

（いい人だな、加島さん。芹沢さんって人も。心配かけちゃった……）

反省しつつ、目の前のサンプルケースを見て、緩んだ気持ちをもう一度引き締める。

（とにかく、まずは仕事だ。僕の仕事はここからが本番なんだから、研究開発の人たちの努力を無駄にしないように、サプリをいちばんいい状態で形にしなくちゃ）

だが、草太が決意と共に立ち上がるなり、性急なノックとほぼ同時に扉が開き、悲愴な顔の梅枝が顔を覗かせた。

「……っ！」

今、いちばん会いたくなかった人物を目の当たりにして、草太は息を呑み、あからさまに顔をこわばらせて一歩後ずさる。

梅枝は、加島のように室内の様子を気にする様子もなく、大股にそんな草太に近づくと、いきなり手首を摑んだ。

「ちょ……は、離してください！　何するんですかっ」

驚きつつも、草太は反射的に梅枝の手を振り解こうとした。だが、梅枝は痛いほど手に力を込め、決して離そうとしない。そればかりか、草太を強引に戸口へ引きずっていこうとする。

「いいから。ちょっと顔貸して。五分でいいから」

「嫌です！　僕はこれから、すぐに取りかからなきゃいけない作業があって」

「だったら三分！」

「い……や、です、ったら！」

必死に足を踏ん張って抵抗しても、力で梅枝に勝てるはずがない。しかも、ここで大声を出して同僚に見つかりでもしたら、もうどうしていいかわからない。

「ちょっと、ホントに離して……うわッ」

結局、草太は梅枝に引っ張られ、普段は皆があまり使わない、オフィスからも廊下からも死角になっている階段へ連れ込まれてしまった。

「前にもこんなふうに、君の手を引いて歩いたことがあったっけ。あのときは、エレベーターホールへ行ったけど」

数週間前のことを語る梅枝の声は、酷く乱れていた。呼吸も荒い。きっと、研究開発部のオフィスから打錠室まで走ってきたに違いない。

「は……なして、ください！」

そんな梅枝の手を、今度こそ草太はもう一方の手で引き剝がした。

せっかく仕事は仕事と割り切ろうとしているのに、自分のオフィスまで押しかけられて、草太は少なからず腹を立てていた。唇から放たれた声は刺々しく、梅枝を睨みつける目にも、これまで見せたことがないほどの険がある。

だが梅枝のほうも、酷く困惑した様子で、そんな草太にオロオロと声を掛けた。

「荒っぽいことして、ごめん。だけど、いったいどうしたっていうんだよ。昨日は一日出張で会えなくて、夜にメールしたけど返事がなかったろ？　寝ちゃってるのかと思って、電話をせずに、今朝会えるのを楽しみにしてたんだぜ？」

よくも白々しいことをと、草太は自分の身体が怒りに震えるのを感じた。だが、ここで激昂してしまえば、もはや仕事の上でも、梅枝と平静に話をすることができなくなる。茨木の配慮を、無にしてしまう。

それはできないと、草太は喉元までせり上がった罵声《ばせい》を、ぐっと飲み下した。腹に力を入れて昂《たか》ぶった気持ちを無理矢理抑えつけ、梅枝の顔を正面から見据える。

「福島君？　マジでどうした？　目が赤い……」

「もう、仕事以外のことで、僕に構わないでください」

突然、毅然として言い放った草太に、梅枝は目をパチクリさせた。

「な……ど、どういうことだよ。いったい何が……」

「それは自分の胸に聞いてください。僕はもう、あなたとプライベートな話は一切しません。仕事のことだけ話します」

「おい、福島君ってば」

心底驚き、狼狽えた様子で、梅枝は草太の二の腕に触れようとする。だが草太は、今度こそ手荒く、梅枝の手を打ち払った。

「僕に触らないでください！　二度と……触らないでください。ここにも、仕事以外の理

由で絶対に来ないでください」

「だから、どうしてそんなことを……」

「梅枝さんが、見た目どおりのチャラチャラしたいい加減な男だって、僕が知ってしまったからです！」

叫ぶようにそう言い放ち、草太は踵《きびす》を返した。

「あ、おい、福島君！」

背後から梅枝の上擦った声が飛んできたが、草太は一度も振り返らず、オフィスに駆け込んだ。万が一、梅枝がやってきても扉を開けられないよう、自分の身体で扉を塞ぐ。

だが、梅枝はそれ以上追ってはこなかった。足音は聞こえず、扉を開けようとする様子もない。

「…………」

詰めていた息をようやく吐き、草太はその場にしゃがみ込んだ。

(あんなことしといて、平気でしらばっくれるような人だったんだ。そんな人のことを、うっかり好きになるとか！　どれだけ馬鹿なんだよ、僕は)

悔しくて情けなくて、職場なのに涙が出そうになる。

「馬鹿。泣いてる場合か！」

自分の頬をピシャリと平手打ちして、草太はまだ動悸《どうき》が収まらないまま、ヨロヨロと立ち上がった。

今はとにかく、プロジェクト成功に向けて、最大限の努力をしなくてはならない。溢れそうな涙をグッと目の奥に押しとどめ、草太はサンプルケースを両手でそっと持ち上げた。

机の上に置いた携帯電話が、さかんに振動している。きっと、梅枝がメールを送ってきたのだろう。

だが、携帯電話に触れることなく、草太は心の動揺を必死で鎮め、サンプルケースを抱えて作業室へ向かった……。


それから二日が過ぎた。

サプリのリニューアル試作品の提出締め切りまであと四日となった木曜日の昼過ぎ、草太との打ち合わせを終え、オフィスに戻ってきた加島は、机に突っ伏している男の姿に眉をひそめた。

「お前はここ数日、何をグダグダしているんだ。他のプロジェクトメンバーは皆、いよいよ作業が大詰めで、週末返上も当然の忙しさだというのに」

「うう……」

加島の冷ややかな声に呻き声で応じ、のろのろと顔を上げたのは、言うまでもなく梅枝である。いつもの陽気さはどこへやら、彼は半泣きの顔で加島を見た。

「俺の子猫ちゃんは？　元気にしてた？」

「……その呼び方は自重するんじゃなかったのか？　福島君なら、試作に励んでいた。タブレットはほとんど揃ったが、なかなか色も形もバラエティに富んでいて、お前の言う楽しいサプリに仕上がりつつあるぞ。これでソフトカプセルが加われば、さらにいいものに仕上がるだろう」

「あーそう……元気そうだったのか、子猫ちゃん。そりゃよかった」

加島の台詞の八割はすっぱり無視して、梅枝は虚《うつ》ろな目でそう言った。

「……空元気かもしれんがな」

加島は簡潔に付け加え、じっと梅枝の顔を見た。この三日間で、梅枝はゲッソリやつれてしまっている。

寝不足なのが明らかな腫れぼったい目で加島を見上げ、梅枝は情けない顔と声でこう言った。

「なあなあ加島。俺、そんなに不細工か？　見た目、そんなに酷いか？　悪人に見えるか？」

「…………」

いきなりの質問に、加島は不機嫌顔のまま沈黙する。梅枝は、不満げに声を張り上げた。

「何だよ～、はっきり言ってくれよ～！」

すると加島は、梅枝の背後の自席に座り、ノートパソコンを立ち上げながらぶっきらぼうに答えた。

「僕は、それを判断する立場にない」

「は？」

「だから！　僕はお前のルックスに興味がないから、善し悪しを判断できないと言っているんだ」

「……じゃあ、お前がいいと思うのは誰の顔だよ？」

するとと加島は、涼しい顔でさらりと答えた。

「決まっているだろう。僕がいい顔だと思うのは、芹沢だけだ」

「……あー……」

無駄な質問をしたとばかりに再び机と仲良くなった梅枝をよそに、加島は訥々と力説した。

「芹沢の顔は、とてもいいと思う。善良で、誠実で、率直な人柄がそのまま顔に出ている。特にカレーを作っているときの、真剣な表情がとてもいい」

「はいはい、わかってます。何だよその正面切ったのろけは」

「のろけてなどいない。お前の質問に、真面目に答えただけだ」

「だろうともさ。一方的にご馳走様を言わせてもらうぜ、くそ」

思いきりふて腐れた顔つきで、梅枝は頬を机に押し当てたままである。加島は、いかにも仕方ないといった口ぶりで問いかけた。

「で、お前の見た目がどうしたというんだ？」

するとと梅枝は、肺が窄《すぼ》むほど深い溜め息をついて、ボソリと言った。

「見た目どおりの軽薄野郎的なことを言われちゃったのよ、俺」

すると加島は、小さな溜め息をついて眼鏡を外した。指先で目元を揉みほぐしながら、

「誰に、とは訊くまい」とボソリと言う。

梅枝は、充血した目で加島の涼しい顔を見上げた。

「俺、何しちゃったんだと思う？　福島君が何であんなに怒ってるのか、心当たりが全然ないいんだよ。出張に出る前には、別に何もなくいい雰囲気だったのに、翌朝になったら激怒しててさ。ろくに話してくれないし、俺の話も聞いてくれなかった」

「…………」

「仕事以外のことでもう関わり合いになりたくないって一方的に言われちまってさ。仕事だって、会議で顔を合わせれば鬼みたいな顔で頭を下げてくるだけで、俺が何か話を振っても、サイボーグみたいな感情ゼロの言葉が返ってくるだけだし」

「個人的に、連絡はしてみたのか？」

加島の短い問いに、梅枝は小さく顎を上下させる。

「ケータイに電話してもメールしても、ガン無視」

「……直接には？」

机から頬を離さず、梅枝は「いいや」と低く答えた。

「ホント言えば、押しかけていってとことん問い詰めたいけど、茨木に、仕事に支障が出るような真似は間違ってもするなって、笑顔でざくっと釘を刺されたし。子猫ちゃんは繊《せん》細《さい》だから、今の状態だと、俺の顔見ただけで調子悪くしそうだしなあ。俺が嫌われてるってことだけは、確かなんだし」

「………………」

無言のまま腕組みし、まるで虫を見るような冷ややかな眼差しを向ける加島に気づき、梅枝は訝しげに顔を上げた。

「何？　何だよ、その顔。何か言いたいことがありそうなツラだな」

すると加島は、眼鏡を掛け直し、やはり冷えきった声音で言い放った。

「よくも心当たりがないなどと言えたものだな。お前のような奴を、厚顔無恥というんだ」

「は？　お前までそのディスりよう？　何だよいったい。俺が何したってての？」

さすがに声を尖らせる梅枝に、加島は同じくらい刺々しい声で言い返した。

「本当は福島君に口止めされているんだが、彼がまだ言っていないなら、この際、何故彼が腹を立てているのか、僕が教えてやる。その上で、それなりに非難させろ。僕と芹沢も、きまりの悪い思いをさせられて、迷惑したからな」

「は？　何で芹沢君が関係してるわけ？」

「……バイトの今里君」

「うっ。な、何でその名前がここで……」

加島がボソリと口にした名前に、梅枝はあからさまにギクッとした。加島は畳みかけるように言い募る。

「福島君が、お前の人となりを知りたいと言うから、芹沢の店に連れていったんだ。お前がよく来てくれると芹沢から聞いていたから、僕よりあいつのほうが、お前について話せるだろうと思って」

「あああ……」

梅枝はいきなり奇声を発し、文字どおり椅子から転げ落ちた。そのまま、頭を抱えて蹲《うずくま》る。そんな同僚の打ちのめされた姿にいっこう構わず、加島は淡々と話を続けた。

「そうしたら、今里君が、この前の土曜、お前とまる一日楽しくデートした話を……」

「あああああ……。それを言っちゃったの彼は！　よりにもよって福島君に!?」

梅枝の、頭を抱えた指の間から覗くつむじを見下ろし、加島は感情を交えず肯定する。

「そうだ。とても楽しかったと言っていたぞ。福島君は、酷くショックを受けている様子だった。僕も実に困惑した」

「それ聞いちゃったか。……そりゃ怒るよなあ……」

「怒るだろうな。ただ、知らなかったとはいえ、僕が余計なことをしたせいもある。お前への友情も加味して、黙っているという福島君との約束を破った。……お前を信じてのことだぞ。プロジェクトに迷惑をかけるようなことだけはするなよ？」

加島は茨木と同じ言葉で梅枝を牽制する。しばらくしてようやく立ち上がった梅枝は、死人のように青い顔をしていた。

「あー。すべて繋がった。理解した。そりゃ怒るわ、福島君」

「……だろうな。僕も正直、お前には呆れた」

「悪い。芹沢君にも今里君にも、ばつの悪い思いをさせちまった。お前から、俺が謝ってたって伝えておいてくれ。……お前、俺の恋路を、お前なりに応援してくれようとしたんだよな？」

「……まあ、な」

梅枝に深々と頭を下げられ、加島はまだ渋い顔ながら、やれやれというように頭を振った。

「それが裏目に出たことは、僕も済まなく思っている。……だが、お前のしたことは最低最悪だぞ。僕が福島君なら、一生許さん」

「だからそれは……！」

「それは？」

「いや、やめとく。お前の言うとおり、結果として最低最悪だ。お前に言い訳するより先に、福島君に、その最低最悪の行為に走った理由だけは、きちんと話しておきたい。それでなお許してもらえなければ……はあ……どうすっかな……」

力なく項垂れ、それでも梅枝はオフィスを出て行こうとする。加島は、そんな梅枝のやや丸まった背中になおも声を掛けた。

「おい。今、福島君のところへ行く気か？　仕事の邪魔は……」

「ああいや、今は、ちょっと様子見にいくだけ。ただ、仕事帰りに話を聞いてくれって、頼んでこようかと。……誓って、打錠の仕事の邪魔はしないよ」

「……そうか。僕には弁解は必要ない。しっかりやれ」

それだけ言って、加島はノートパソコンの画面に向き直る。ありがとな、と口の中で小さく呟き、梅枝はオフィスを大股に出て行った。


その頃、ソフトカプセルの試作に取りかかった草太は、作業室で首を捻っていた。

「……あれっ？」

どうも、カプセルの製造が上手くいかない。

ソフトカプセルの製造には色々なやり方があり、各社で工夫を凝らしているが、カリノ製薬ではごく一般的な打ち抜き法……つまり、ゼラチンを主原料とするカプセル用のシートを球状に成形しつつ、同時に内容物を充填するというシステムを採用している。その、シートの合わせ目を加熱して圧着する工程がうまく働いていないらしく、内容物がごくわずかだが漏れてしまうのだ。

「どうしたんだろ……。参ったな」

首を傾げながら草太はいったん機械を止め、作業室の中ではかなり大きな部類に入る機械のあちこちをチェックした。正直、ソフトカプセルにはあまり慣れていないので、どこかでミスをしたと思ったのである。しかし、どこもきちんとセットされているようだ。

「うーん……？　もっぺんやってみるか」

もう一度機械を動かしてみたが、やはり出来上がったカプセルの接合部が一部いびつになっており、そこから内容物が滲み出してくる。

「あれれ……困った」

草太が機械の周りをウロウロしていると、作業室に入ってきた実咲が、草太の姿を見て眉をひそめた。

「どうしたの、福島君？」

「あ、島本さん。この機械、何かちょっと具合悪いみたいで」

草太が弱り切った顔でそう言うと、実咲はさらに顰めっ面になり、「知ってるわよ」と言い放った。草太は目を剝く。

「ええっ？　ど、どうして」

「どうしてって、一昨日そう言ったじゃない。ほら、私、一昨日まで使ってたでしょ、その機械。ちょっとフィルムの接着が上手くいかないのよね」

実咲の言葉に、草太はムッとして言い返した。

「聞いてないですよ、そんなの！」

だが実咲は、それを上回る剣幕で「言いました！」と言い、両手を腰に当てた。

「一昨日、あんたがオフィスでぐんにゃり机寝してるとき、言ったわよ。っていうか、そのことについて平野室長と話してたから、ついでにあんたにも注意したの！」

「…………あ」

机寝と聞いて、草太はハッとした。「一昨日の机寝」といえば、タブレットの試作が一段落し、オフィスに戻って休憩中、梅枝との一件を思い出してついグッタリ落ち込んでいた、あのときのことだろう。

「確かに……島本さんに何か言われた気が……ぼんやり……」

「よっぽどぼんやりしてたのね。確かに生返事だったから、念を押さなかった私も悪いけど。でもあの機械、しばらく使えないわよ？」

「えっ、修理は……」

「とっくに頼んでるけど、技術者が忙しいらしくて、来週の半ばくらいにならないと来られないって」

　実咲の言葉に、草太は仰天した。

「ええっ⁉　それ、困ります。だって、サプリの試作品の納期まで、あと四日しかないのに！」

「プロジェクトリーダーに事情を話して、ソフトカプセルだけ待ってもらえば？」

「無理ですよ、そんなの。中途半端な試作品を、統括部長に出すわけにはいかないです。みんなの努力が、僕のせいで台無しになっちゃう……」

　一瞬にして顔面蒼白になった草太は、動揺し過ぎて独り言のような口調でオロオロと呟く。実咲は気の毒そうに言った。

「そうは言っても、いくら福島君でも、あの機械は構造が複雑すぎて、自分で修理は無理よ。もう一度、業者に電話して頼んでみるか……」

「そうします！」

「……でも、こないだの口ぶりでは、ホントに無理そうだったから」

「それでも、頼み込んでみます！　あれ、Ｓ技研のでしたよね？」

「ええ」

「電話してきます！」

　草太は、今にも転びそうな勢いで作業室を飛び出していく。

「……幸運を祈るわ」

浮かない顔で、実咲はそんな草太の後ろ姿を見送った。


それから数時間後……。

夕日が西の空に沈みかける頃、草太はオフィスで焦燥しきっていた。

あれから、ソフトカプセル製造機械の修理を再度頼んでみたが、やはり技術者の予定がびっしり詰まっており、来週までは修理予約が受けられないと、にべもない答えしか返ってこなかった。

そこで、もう一台ある機械の装置を一部組み替え、カプセルの試作に使えるようにしようと試みたが、それもまた業者の都合が付かず、スケジュール的に間に合わないと判明したのである。

「どうしよう……」

狼狽える草太に、それまで黙って成り行きを見守っていた平野室長が、とうとう渋い顔で声を掛けた。

「おい。そこで唸ってたってどうにもならねえぞ。傷は浅かろうが深かろうが、手当迅速が鉄則だ。とっととプロジェクトリーダーのところへ行って、土下座してこい」

「土下座ってそんな、室長」

幾分責任を感じているのだろう、実咲は柄にもなくしょげた顔で、平野に抗議する。だが平野は、強い口調で繰り返した。

「土下座だ。てめえの不注意で、どうしても期日までに作れないもんができたとありゃあ、切腹もんだ。だが、本当に腹を切られちゃ、他の人たちが迷惑だろう。だから、地べたに頭擦りつけてこい。それ以外、てめえにできることはねえだろ、福島」

「……はい。勿論、そうします。だけど、今はもっと他に……」

「他？」

「僕が土下座しても、ソフトカプセルができるわけじゃないです。皆さんに恥を搔かせ、統括部長をガッカリさせてしまう結果を変えられないです。だから、何か他に、ソフトカプセルを作れる方法がないかって、考えてて……。あの、医薬研究本部のどっかの部署で、試作用の機械を貸してもらうとか……」

　草太は必死に考えた打開策を口にしてみたが、平野は肩をそびやかして「無理だ」と一蹴した。

「医薬のほうは、品質管理がサプリとは桁違いだ。こっちから持ち込んだ材料を、大事な機械にぶっ込ませてくれるほど、あっちは甘くも親切でもねえよ」

「うう……」

「私も今回は、茨木さんに謝って事情を話して、一緒に対応を考えてもらったほうがいいと思うわ。まだ社におられるでしょうし、早く行ってらっしゃい」

実咲も、慰めと励ましを込めて、項垂れた草太の肩に手を置く。

「わかりました。ちょっと行ってき……？」

唐突に聞こえたノックの音に、草太は口を噤んだ。実咲が「どうぞ」と声を掛けると、扉を開けて入って来たのは、青い作業着姿の男性だった。

「毎度！　S技研の住之江《すみのえ》です。修理する機械、見せていただいても？」

「えっ？」

実咲と草太の驚きの声が、綺麗に重なった。

「あの、来週までは無理って……」

草太の言葉に、どうやら技術者らしき住之江という男は、苦笑いで頷いた。

「ええ、予定きつきつだったんですけどね、まあ、何とか。時間ないんで、すぐ取りかかりたいんですけど」

「は、はいっ！　すぐご案内します！　こちらですっ！」

何が何だかわからないが、とにかく物凄い幸運に恵まれたことだけは確かだ。草太はまだ狐《きつね》につままれたような顔で、それでも作業室へ駆け出していく。

「おい、どうなってんだ？」

「……さあ……？」

後に残った平野と実咲は、呆然と顔を見合わせた。

「じゃ、これでもう一度動かしてみてください」

「はいっ」

緊張の面持ちで、草太はソフトカプセル製造機械を作動させる。小気味いい機械音と共に、深紅のソフトカプセルがコロコロと作られていく。

それを手に取り、慎重にチェックした草太の口から、「ああ……」と思わず脱力した声が漏れた。住之江も、後ろ前に被っていた作業帽の庇《ひさし》を前に戻し、「バッチリっすね！」と笑みを浮かべた。

「これで大丈夫。思ったよりは単純な調整で済んでよかったですよ。部品の取り寄せなんてことになったら、やっぱ予定どおり、来週じゃないと無理だったんで」

草太は、ソフトカプセルを持ったまま、ガバリと住之江に一礼した。

「来てくださって本当にありがとうございました！　物凄く助かりました……！」

すると住之江は、照れ臭そうに笑って言った。

「いやあ、だって、あの人に『一生に一度のお願い』だなんて言われちゃ、嫌と言えない弱みがあるもんでねえ。上手い人に繋ぎをつけられちゃったな、ったく」

草太はキョトンとして聞き返す。

「あの人？　誰ですか？」

「へ？　研究開発部の梅枝さんですよ。ごり押し、頼んだんじゃないんですか？」

「……えっ？」

　突然、飛び出した思わぬ人の名に、草太は驚愕《きょうがく》してのけぞる。だが、そんな草太の反応に気づかず、住之江は道具を片付けながら秘密めかした小声で言った。

「僕が結婚できたの、梅枝さんのおかげなんですよ。梅枝さんがセッティングしてくれた合コンに、同僚の紹介で参加させてもらって、それで嫁と知り合えたもんで」

「そう……だったんですか。って、でも、今回の修理、梅枝さんから連絡が……？」

「そうっすよ。梅枝さんから電話があって。お宅の会社は無理だって言ってるけど、とにかく急ぎの仕事なんだ、一生のお願いだから、すぐ行って修理してやってくれって。そりゃ、恩人の頼みなら断れないんで、仕事の合間に来たんですよ。あれっ？　ご存じなかったんですか？」

「あ……はい、いえ、ええと、えっ？」

　不思議そうにしている技師の前で、正直な草太は、咄嗟に言葉を取り繕うこともできず、ただひたすら混乱する。

（どうして梅枝さんが、機械の故障のこと知ってるんだ……？　僕は何も言ってないのに）

　すると、少し離れたところで修理を見守っていた実咲が、明るい笑顔で声を掛けた。

「梅枝さん、とにかく気が利くから。彼が困ってるのを見かねて、先回りしてくれたみたい。ホント、助かりました。ありがとうございました。……あっちでお茶でも」

「ああいや、そうしたいのはやまやまなんですけど、後が詰まってるんで、急いで向かわなきゃ。じゃ、僕はこれで。あとで経理のほうから、請求書回させていただきます」

「あ……は、はいっ。ありがとうございました！」

草太は慌てて背筋を伸ばし、膝に額がつくほど深々と頭を下げる。住之江が作業室を出て行くなり、草太は実咲のほうを見た。

「島本さん、もしかして、何か知って……」

「ごめぇん。まさか、梅枝さんがそんな隠し球を持ってるなんて、知らなかったんだもん」

実咲は両手を合わせて長身を軽く屈めた。

「え？　いったい、どういうことです？」

「福島君がパニック状態でバタバタしてる間に、オフィスに梅枝さんが来たの。用事は何か知らないのよ？　だけど、福島君が悲愴な顔で作業室に駆け込んでいったけど、いったいどうしたのかって」

「それで……」

「うん、事情を話したら、梅枝さんが、どこのメーカーの機械ですかって。きっとあの後、すぐに連絡を取ってくれたのね」

「そう……だったんだ……」

呆然と佇《たたず》む草太の肩を軽く叩き、実咲はちらと笑って言った。

「よかったわね。土下座とは言わないけど、がっつりお礼言いなさいよ。当分、梅枝さんに頭が上がらないわね〜」

二人の間に何があったか知らない実咲は、無頓着に陽気な口調でそう言い、自分の作業を再開する。

「……梅枝さんが……僕の、ために」

久し振りにその名を口にした草太は、唇を嚙み、険しい顔で立ち尽くしたのだった。

＊　　＊

「じゃあ、お先に失礼します」

まだ、図面を広げて何か作業中だった平野室長に挨拶して、草太が職場を後にしたのは、午後八時を過ぎてからだった。

いつもはもっと早く仕事を切り上げるのだが、今日は、どうしても予定していたソフトカプセル三種類の試作までやり遂げてしまいたかったのだ。

ソフトカプセルは、錠剤と違い、乾燥という段階がある。今回作るカプセルはさほど長期間でなくていいものばかりだが、それでも数時間から一日の乾燥時間が必要となるので、あまりギリギリまで試作の作業を行うわけにはいかない。

梅枝のことは気に掛かるが、とりあえず今は、無事に機械を修理してもらえ、打錠の作業が再開できたことに、草太は心から安堵していた。

「遅くまでご苦労さん」

「お疲れ様です」

守衛に挨拶して社屋を出たところで、草太の目の前に突然梅枝が現れた。スーツの肩にショルダーバッグを掛けているところをみると、自分の仕事が終わってから、ずっと草太をここで待っていたらしい。

「会議では何度か顔を合わせたけど、二人きりは久し振りだな、福島君」

そう言って微笑む梅枝の顔を、草太は複雑な表情で見た。

窮地を救われたことに感謝はしているが、素直に謝意を口にするには、四日前のショックがまだ生々しすぎたのだ。

咄嗟に口をきけない草太の硬い表情に、梅枝は悲しそうに眉尻を下げ、それでも笑顔のままで「駅まで歩く間だけ、話してもいいかい？」と問いかけてきた。

ここで立ち話していても仕方がないので、草太は小さく頷き、歩き出す。そんな草太に並んで、梅枝はいつもの明るい口調で訊ねてきた。

「ソフトカプセル、無事に作れた？」

草太はもそりと頷く。

「そっか。そりゃよかった」

「……あの……！」

「うん？」

歩みは止めず、草太は梅枝をキッと見て言った。

「確かに仕事のことだから話しますし、凄く助かったのでお礼は言いますけど、僕がお願いしたわけじゃないですから！　あっ、でもまずはありがとうございました！」

怒った表情と口調で、それでも律儀に感謝する草太に、梅枝は笑って頷いた。

「うん、俺が勝手に怪しんで、勝手に島本さんに事情を聞いて、勝手に手配した。だから別に、君が俺にお礼を言う必要はないよ。ちゃんと役に立ったと教えてもらえて、嬉しいけどね。あと単純に、同じプロジェクトのメンバーとしても、作業が無事に進行するのは嬉しい」

「う……はい」

一息に言いたいことを言ってしまった草太は、それきり気まずく黙り込む。

梅枝のほうも、何をどう言っていいかわからない様子で、何度か口を開きかけるものの、そのまま口を噤んでしまうという行為を繰り返した。

そして、二人とも無言で駅前の賑《にぎ》やかな通りに差し掛かる頃、急に、夜空からポツリと雨粒が落ちてきた。

雨はみるみるうちに勢いを増し、スコールのような土砂降りになる。

「やばっ……、ちょ、ちょっとこれは非常事態だ。とりあえずうちにおいで。ここから近いから！」

「えっ？　いや、そんなの……ちょ、また！」

草太の返事を待たず……というか、草太が遠慮しようとするのは火を見るよりも明らかだったからだろうが、梅枝は、ジャケットを脱いでバサリと草太の頭から着せかけると、そのまま三たび草太の手を取った。今回は手首ではなく、最初のときのように、草太の手をしっかりと握り込んで走り出す。

「待ってください！　僕、かえっ……かえ、れ、ますっ」

「駄目だって！　もうびしょ濡れじゃないか。タオルと着替え、貸すからさ！」

こういう事態になると、身長差が梅枝に圧倒的なアドバンテージを与えた。草太は空いた手で梅枝のジャケットを落とさないように頭を押さえ、あとはもう、引っ張られるままに走り続けるしかなくなる。

眼鏡がずれて大粒の雨が目に入り、視界が滲む。転ばないようにバチャバチャと水を跳ねて走りながら、草太はただ、梅枝の手の大きさと熱さ、そしてアスファルトの地面を叩く雨音と、互いの弾む呼吸だけを感じていた……。

梅枝の住まいは、駅からほど近い小さなマンションの一室だった。さほど新しい建物ではないようだが、管理がいいのか、共用スペースはこざっぱりしている。

「こっち。一階なんだ、俺の部屋。家賃はちょっとだけ安いし、ベランダの代わりにちっちゃい庭がついてるし、悪くないんだぜ」

そんな他愛もないことを言いながら、梅枝は一階右手の通路、いちばん奥の部屋へ草太を案内した。

「どうぞ、上がって」

玄関扉を開け、灯《あか》りを点《つ》けて、中に入るよう促される。ここまで来て、帰ると言い張ってもみっともないだけだし、何より本気の濡れ鼠《ねずみ》なので、これで電車に乗るのは憚《はばか》られる。

「……じゃあ、ホントに、タオルと着替えを借りるだけで」

そう宣言してから、草太はおずおずと梅枝の家に上がり込んだ。

「ちょっと待っててな。すぐ、タオル持って来るから」

草太を玄関に立たせたまま、梅枝は自分はびしょ濡れのまま、家の中へ入っていった。フローリングの上に、大きな足跡がぺたぺたとついている。

ほどなく梅枝は、バスタオルを何枚か持って戻ってきた。草太は、ずっと頭から被っていた梅枝のジャケットを彼に差し出す。

「すみません、これ……取り返しが付かないくらい、濡れちゃいました」

「ははは、傘代わりになるかと思ったけど、走っちゃったら意味なかったな。結局、上着も君もビショビショだ」

笑いながらそれを受け取って無造作に床に置き、梅枝は広げたバスタオルで、草太の髪をバサバサと拭《ふ》き始めた。

「ちょ、自分でできますって」

「いいから。ふふ、福島君の髪の毛、普段は綿菓子なのに、今はぺちゃんこのワカメみたいだな」

楽しげな梅枝の声に、草太はむくれて手探りでタオルを奪い取る。

「自分で拭きますっ！　それに、梅枝さんだって早く拭かないと、僕よりびしょ濡れじゃないですか！」

すると梅枝は、濡れた髪を掻き上げ、子供のように破顔した。

「そうする。ああ、何か嬉しいな。雨のおかげで、福島君がうちに来て、俺と普通に喋ってくれてる」

「……あっ」

突然の豪雨に驚いて、梅枝と距離を取ろうとしていたことをすっかり忘れていた自分に気づき、草太はしまったという顔つきになった。やはりこのまま靴を脱がずにターンして帰ってしまおうかと考える。

しかし、そんな草太の思いはお見通しだったのだろう、梅枝は手を伸ばし、ガチャリと錠を下ろしてしまった。

「今、風呂にお湯を張ってるから。身体、冷えたろ。ちゃんと温めて、その間にスーツを乾かそう」

「そこまでしてもらったら、悪いです」

「中途半端なことしたって駄目だよ、ここまで濡れちゃったら」

「だったら、梅枝さんこそお風呂……あ……」

明るい場所で、久し振りにまともに見た梅枝の姿に、草太は息を呑んだ。乱れた髪型のせいか、あるいは、濡れて身体にぴったり張り付いたワイシャツのせいか、目の前の梅枝が驚くほど色っぽく見えたのだ。ワイシャツの下の肌が透けて見え、髪の先から滴《したた》る水さえ扇情的である。

ぼうっと頬に血が上り、濡れて寒いはずなのに、身体が熱くなる。草太は、慌てて梅枝から目をそらした。

「俺は着替えるから心配ないよ。風呂はすぐ溜まるから、入っておいで。ほら、バスルームはあっち」

梅枝は、自分もバスタオルで頭を拭きながら、廊下の右側を指さす。

「じゃあ……すいません、ちょっとお借りします」

もう、今さら「プライベートでは一切かかわらない」などと意地を張ってもしかたがないので、草太は言われるがままに、バスルームへ行った。

(ちゃんと生活してるんだな……)

草太もわりに綺麗好きなほうだが、梅枝もいかにも研究者らしく、脱衣所兼洗面所は、実に機能的に整えられていた。

鏡の前には、歯ブラシや歯磨き、ヘアケア製品やシェーバーがきちんと使いやすく配置され、洗顔用のハンドタオルは、きちんと畳んで籐《とう》かごに並べてある。

(歯ブラシ……一本だけだ)

そんなことを無意識にチェックしている自分が馬鹿馬鹿しくて、草太は思わずぶんぶんと首を振った。今さら、梅枝がここにひとりで暮らしていることを確かめたところで何の意味もないのにと、自己嫌悪が胸を焼く。

「何をしてるんだ、僕は……」

やるせなくそう呟き、草太は雨を吸い込んでズッシリ重いスーツを脱ぎにかかった。

頭から熱いシャワーを浴び、自宅のものよりずっと大きな浴槽で脚を伸ばして湯に浸かると、想像以上に心地いい。

「広い風呂っていいなあ……」

浴槽の縁に頭を預け、草太は思わずそんな声を漏らした。だが、半透明の扉の向こうに人影が動くのを見て、たちまち身体を硬くして身構える。

扉越しに聞こえてきたのは、あくまで呑気な梅枝の声であった。

『脱いだもの、持っていくよ。あと、とりあえずの下着と服、ここに置く。新しいバスタオルもね』

「あ……すいません」

『いいのいいの、気にしない。上がったら、リビングにおいで』

そう言い置いて、梅枝が草太の服を持って出ていくのが見える。

「何で……こんなに親切にしてくれるんだろ。あんなことしといて。僕のことなんかどうでもいいくせに、どうしてまだ構うんだろう」

ぱちゃんと指先で湯を跳ねさせ、草太はつい独りごちた。

「まだ……僕を惑わせて、からかって遊ぶつもりなのかな」

声に出して呟いてみると、息苦しくなる。熱い湯に浸かっているのに、胸の奥だけが、いつまでも氷のように冷たかった……。

梅枝が出してくれた真新しい下着も、Ｔシャツも、ジャージも、悲しいくらい草太にはサイズが大きかった。しかし、どうにかジャージの裾をロールアップして着込み、リビングに行くと、梅枝は自分も同じように、しかしこちらは身体にぴったり合ったＴシャツとジャージ姿で、ラグの上に胡座をかいていた。

「よう、よく温まったか？」

何をしているのかと思いきや、草太のネクタイにアイロンをかけている。草太はビックリして、梅枝の傍らに自分も座り込んだ。

「す、すいません、そんなことまで！」

「いいよ。濡れたときは、こうしておけば早く乾くし、形崩れも防げるだろ」

「そうですけど、あとは自分でやりますから！」

すると梅枝は、さっきとは違い、あっさりと草太にアイロンを手渡した。

「じゃ、そうして。何か飲み物入れてくる。冷たいお茶でいいかな？」

「はい」

「ちょっと待ってて」

梅枝は、リビングと間続きのダイニングキッチンへ行き、冷蔵庫を開けた。ペットボトルのお茶を取り出し、グラス二つに注ぎ分ける。

草太は、きちんと当て布をしたネクタイにアイロンを掛けながら、リビングを見回した。

さほど広くはないが、ひとり暮らしには十分の室内は、いかにも梅枝らしく、お洒落で居心地のよさそうな設《しつら》えだった。

シンプルなふたり掛けのソファー、毛足は短いが、気持ちのいい大きなラグ、ふかふかのクッションに、大きな液晶テレビ……。大きな掃き出し窓の前には、観葉植物の鉢がいくつか並べてあった。

そして、カーテンレールには、草太のスーツとワイシャツが掛けられ、サーキュレーターの風に忙しく揺れている。

「はい、お茶。君が来るってわかってりゃ、アイスでも用意したのにな」

「お茶で十分です、ありがとうございます」

ラグの上に座ったまま、草太はグラスを受け取り、冷えたお茶で喉を潤した。

「あの、梅枝さんも、お風呂……」

「俺は後でゆっくり入るよ。それより……服が乾くまでの間に、ほんの少しだけ、俺の話を聞いてくれるかい？　仕事以外ではかかわらないって言われてるのに、我《わ》が儘《まま》だけど」

「……はい。今日は二度もお世話になっちゃったので」

「そのくらいは譲歩してくれる？　ありがとう」

梅枝は少し緊張した笑みを浮かべ、草太と微妙な距離を空けて、ラグの上に正座した。

「！」

自分だけがカジュアルな格好で話を聞くわけにもいかず、草太もグラスを置き、きちんと正座に座り直す。

何とも気まずい空気が流れる中、梅枝はゴホンと咳払いしてから、いきなりラグに両手を突いた。そのまま、グッと頭を下げる。まさに絵に描いたような土下座である。

「すみませんでしたっ」

「ちょ……な、何してるんですかッ！　頭、頭上げてください！」

意表を衝かれ、硬直していた草太は、ハッと我に返った。まさにラグに額を擦りつけようとしている梅枝に飛びつき、その肩を両手で力いっぱい押し上げる。

一応、草太に抗わず身を起こした梅枝だが、やはりその顔には、沈痛な後悔の色があった。草太は、怒りで目の周りをうっすら上気させ、声を荒らげる。

「そういうの、やめてください！　僕は、土下座なんてしてほしくな……」

「俺がしたかったんだ。この数日、どうして君があんなに唐突に怒ったのか、まったくわからなかったんだ。でも、ようやく理解できた。今里君のことを、聞いたからだよな？」

「それ……どうして」

「加島から、無理矢理聞きだした。……そりゃ怒るよな。君には、大事な用事があるからって言っといて、他の奴とデートだなんて」

それを聞いて、草太は怖い顔で再び正座に座り直した。そして、乾いた雨のせいでちょっとレンズが曇った眼鏡越しに、梅枝を睨めつけた。

「やっぱり、デートだったんですね」

そう言うと、梅枝は、ずいと膝を進めた。そして、草太とさらに距離を近づけてから、やけに強い口調で言った。

「デートだけど、デートじゃなかった！」

「は？　そんな宮崎アニメみたいなこと言われても……」

「ああもう、こんなこと言うとホントに格好悪いけど、君に誤解されたままでいるよりはずっとマシだから白状するよ。あれは、デートの予行演習だったんだ！」

「……はい？」

予想の遥か斜め上を行く梅枝の告白に、草太は軽く前のめりになる。すると梅枝は、初めて見る真っ赤な顔で、やや早口に言った。

「だから！　君みたいなタイプとつきあったことがこれまでなかったからさ。どこに連れていったら楽しいだろうってうんと考えて、コースを立てて、下見をすることにしたんだ。で、ひとりで行くより参考になるだろうと思って、知り合いの中ではいちばん君と歳が近い今里君につきあってもらったんだよ。それだけのことなんだよっ」

草太の口が、目と同様、ぽかんと大きく開く。そのまま、彼はゆるゆると自分自身を指さした。

「あの……予行演習って、その、僕……？」

梅枝は、火を噴きそうに赤面したまま大きく頷く。その手は、膝小僧をギュッと握り締めている。いつもは余裕たっぷりの彼が、驚くほどの切羽詰まりようだ。

「そう。君とのデートの予行演習！　今里君の感想を訊いて、プランを練り直して、万全の状態で君を誘うつもりだったんだ。……秘密にしておきたくて、大事な用事があるなんて嘘をついた。君を驚かせて、楽しませたかったから。ちょっといいとこ知ってる奴だって思われたかったから！　本当にそれだけなんだ」

梅枝の言葉を理解し、どうやら自分がとんでもない勘違いをしていたことに気づくと、今度は草太の顔がジワジワと赤らみ始めた。

「……あ……。じゃあ、どうして土下座なんてして謝るんですか！　全部僕の勘違いで、梅枝さん、悪いこと全然してないんじゃないですか！」

「したよ」

狼狽える草太に対して、梅枝は静かに言った。

「何をしたって言うんです！」

「どんな事情があっても、恋人に嘘をついて、別の奴とまる一日遊んだんだ。不誠実だと言われたら、返す言葉がない。悪かったよ。本当に反省してる。だから……」

「えっ？」

梅枝は、ここぞとばかりに気持ちを込めて反省の弁を述べようとしたが、それを遮ったのは、草太のこの場にそぐわない間抜けな声だった。

「えっ、って？」

梅枝も、話の腰を思いきり折られて、軽く傾ぎながらも訊き返す。すると草太は、大真面目な顔でこう言った。

「だけど僕、梅枝さんと付き合うなんて一言も言ってないです。梅枝さんは、僕を恋人にしたいとは言ってましたけど、付き合ってくれとは言ってないじゃないですか」

「は？」

「言ってませんよね？」

真顔で訊ねる草太に、梅枝は呆けたような面持ちで鈍く頷く。

「いや……言ってない。確かに俺はお付き合いしてくださいなんて言ってないし、福島君も、喜んで、とかは一切言ってない。でもさ！」

「はい？」

「俺たち、この二週間ばかりの間、色んなこと一緒にしたよな？　映画を皮切りに、飯食ったり、お茶飲んだり、一緒に買い物したり！」

「はい、しました」

「……手も繋いだし、ハグもしたし、キスだって……けっこう熱烈な奴、したよな？」

「は、はい。それも」

恥じらいながらもはっきり頷く草太に、梅枝は悲痛な面持ちで訴えた。

「それって、がっつり付き合ってるだろ？　そう思わないか？　少なくとも、俺はそのつもりだったよ？　まだ付き合い始めだけど、それでも君の恋人のつもりで過ごしてた」

「ええっ……？　す、すいません。僕、もしかしたら凄い勘違いをしてたかも」

「まさか……」

「はい。付き合おうって言われて同意して、初めてそういうことになるのかと」

小学生か！と突っ込みたい気持ちをすんでの所で抑え、梅枝は、恐る恐る草太に訊ねた。

「じゃあ、福島君は、俺と付き合ってるつもりは微塵もなかったんだ？　俺のこと、好きでも何でもなかった……？」

ガックリ肩を落として項垂れ、全身で失望を表現する梅枝の姿に、草太は慌てて身を屈めた。下から、梅枝のしょぼくれた顔を覗き込み、必死で自分の気持ちを伝えようとする。

「違います！　そうじゃなくて、僕、ホントにこういうの全部初めてで、梅枝さんと過ごした時間は、ただひたすら楽しくて」

「……うん……」

「一緒にいて心地いいとか、梅枝さんに大事にしてもらって嬉しいとか、梅枝さんのこと尊敬してるとか、そういうことは思ってたんですけど、全部引っくるめて梅枝さんのこと好きなんだって気がついたのは、今里君のことがあってからだったんです。だから……あの、僕、は」

「待った！」

両の手のひらを突き出して全力の待ったを掛け、梅枝はその手で草太の小さな肩を摑んだ。今度は草太も、梅枝の手を拒みはしない。

「ちょっと待った福島君。もっぺん言って？」

「だ、だから、一緒にいて楽しいとか……」

「そのへんすっ飛ばして、最後のほう。俺のことが？」

「すっ……」

「す？」

火を噴きそうな真っ赤な顔で、草太は小さく唇を動かす。

「すき、です。恋人になりたい、好き、で、うわっ」

言い終えるより早く物凄い勢いで抱き寄せられ、バランスを崩した草太は、梅枝の胸に倒れ込んだ。Tシャツ越しに、梅枝の体温と、驚くほど速い鼓動を感じる。

「梅枝、さん……？」

「どうしよう。何か俺もう、余裕なさすぎて恥ずかしい。嬉しくて死にそう。もうさ、君が許してくれなかったらどうしようかと思ってたんだよ」

抱え込むように抱き締められているせいで、草太には梅枝の顔を見ることができない。だが、滑稽《こっけい》なほど上擦った声で、彼の気持ちは十分過ぎるほどにわかった。

梅枝の喜びが、痛いほど抱き締めてくる腕を通じて、草太の身体にも染みてくる。それが不思議なくらい嬉しくて、草太も思わず他愛ない抗弁を口にしていた。

「僕、まだ許すとか言ってないです」

「……あ」

しまったと思ったのか、梅枝の腕が咄嗟に緩む。草太は身体をほんの少し離し、目の前でイルミネーションのように青くなったり赤くなったりしている梅枝の顔を見た。

「僕、自分は梅枝さんの恋人じゃないんだから、今里君とのデートのこと、責める権利はないって思ってました。だからこそ、怒る代わりに梅枝さんと距離を置いて、もうかかわらないようにしようと思ったんです」

「う、う、うう……」

「だけど、梅枝さんが恋人のつもりでいて、実際に僕らが恋人状態だったっていうんなら、僕、うんと怒っていいんですよね？　まだ一度も言ったことないですけど、浮気者……とか、言っちゃってもいいくらいのアレですよね？」

草太がわざと怖い顔で追及すると、梅枝は、おそらく草太以外の誰も見たことがないであろう、ムンクのくだんの絵のような顔でカクカクと頷いた。

「罵倒されても当然のアレです。いやもうホントにごめん。悪かった。改めて、もう一度、恋人としての土下座を……」

「しなくていいです！」

とうとう笑い出してしまった草太は、本当に再び土下座しようとする梅枝を、自分からギュッと抱き締めて制止した。

「え？　じゃあ……」

「許すも許さないもないです。僕も……動揺し過ぎて、ちゃんと梅枝さんの話を聞こうともせずに、縁を切るみたいなこと一方的に言っちゃって、すみませんでした」

「……じゃあ、もう怒ってない？」

「怒ってないです。っていうかもう、自分の早合点が、恥ずかしい……です」

「はあああ……よかったあああああ」

腹の底から安堵の声を上げ、梅枝はそっと草太の頬に触れた。まだ半乾きの髪を指先で梳き、いかにも大事そうに、白い額に唇を押し当てる。

その優しい仕草に誘われるように、草太はオトガイを上げた。ごく自然に唇を重ね、目を閉じる。

「よかった……。福島君が許してくれて、俺を好きになってくれてて、よかった」

吐息混じりに囁きながら、梅枝のキスは徐々に深くなっていく。唇を軽く食《は》まれ、強引な舌に口の中を探られ、慣れないながらも、草太も必死でそれに応えようとした。

背中を抱く梅枝の手にぐっと力がこもって、草太はこのままラグの上に押し倒されるのだろうと思った。だが梅枝は、唇を離してしまう。

「……え？」

目を開けた草太の前には、梅枝の切なげな笑顔があった。

「君がまた窒息しないように、今夜はここまで。ガツガツして、嫌われちゃ嫌だし」

あからさまに衝動に耐えている顔でそんなことを言われ、気遣われて嬉しいと思う気持ちを遥かに上回る苛立ちが、草太の血圧を跳ね上げた。

「どうしていつも、そうやって僕にばっかり気を遣うんですかっ！」

「え？　うあっ」

草太に詰め寄られ、軽くのけぞった拍子に、今度は梅枝が体勢を崩し、草太を抱えたまま、ラグの上にひっくり返る。驚きつつもここで退くわけにもいかず、草太は自分のほうが押し倒した状態になった梅枝の胸に手を突いた。呆然としていても整った顔を見下ろし、不満げに口を尖らせる。

「そうやって梅枝さんは、いつも僕の都合ばっかり考えて！　そういうの嬉しいけど、でも、梅枝さんが一方的に我慢するのは、嫌です」

「福島君……」

「そりゃ、僕には全然男らしいとこなんかないかもですけど、中身は男ですよ。僕だって、その、ちょっとくらいは……何ていうんですか、包容力、とか、そういうの……」

「ぷっ」

「笑った！　酷い、信じられない！」

キリリとまなじりを吊り上げた草太に、梅枝は崩れそうな顔で笑って、「違う違う」と言った。

「福島君の包容力を笑ったんじゃなくて、幸せだから笑ってるんだよ。君もちゃんと俺のこと、好きでいてくれたんだなー、だからそんな風に叱《しか》ってくれるんだなって」

「ぼ、僕は、ただ、梅枝さんにも、正直になってほしいって……」

「じゃあ、お言葉に甘えて正直になろうか。俺、今、嬉しすぎて……ついでに言えば、君がそんなとこにまたがってるもんだから、かなり抜き差しならない状態になってるんだけど」

「え？　ギャッ！」

そこで初めて、草太は自分が梅枝の上に……しかも、よりにもよって彼の下腹にまたがってしまっていることに気づき、悲鳴を上げた。飛び退ろうとしたが、一瞬早く梅枝の両手にウエストをガッチリ押さえられ、尻の下に不穏な昂ぶりをありありと感じる羽目になる。

「ギャッて……傷つくなあ、その反応」

「だっ、だ、だって、僕で……こんなことになるなんて、そんな」

信じられないといった顔つきで自分を凝視する草太を、梅枝は可笑しそうに見上げる。

「どうしてそんなに、自信がないのかな。こんなに可愛いのに。あっ、怒っちゃ駄目だよ。本気で言ってるんだから。君は、誰よりも可愛い。でも、俠気《おとこぎ》があって、一本筋の通った強い子だってのも、今回のことでわかった」

「…………う……」

いつもの「可愛い」に加えて、男としてもしっかり評価され、草太は抗議の言葉を口にすることができずにモジモジした。しかも、いったん気づいたが最後、尻の下にある梅枝の熱を意識せずにはいられず、たまらない気持ちになってくる。

梅枝は、思わせぶりに草太の大きすぎるTシャツの裾をたくし上げ、ほっそりしたウエストを手のひらで撫でた。指先の微妙な圧力がくすぐったくて身じろぎすると、草太の下で梅枝のものが勢いを増す。二重の刺激で、草太は小さな悲鳴を上げた。

「ひゃっ」

「だからさ。……正直に言わせてもらえれば、もっと君に触りたい。君も、そう思ってくれてると嬉しいんだけど」

「う、う、それは……」

こんな風に誰かの素肌に触れたことのない草太は、自分がされたのと同様に、横たわった梅枝のTシャツをそろそろとめくり上げる。日頃、運動などしている素振りのない梅枝なのに、現れた腹には余分な肉など一欠片もついておらず、あからさまに盛り上がったりはしていないものの、しっかりした腹筋が見てとれた。

いかにも怖々と、その筋肉に添って指を這わせる草太を、梅枝は微笑ましく見守る。

「俺ね、運動はあんま好きじゃないんだけど、泳ぐのだけ好きなんだよね。だから、会社帰りに、うちの社と契約してるスポーツジムで泳いで帰るんだ。……身体、絞っててよかった。君に見られても触られても、まずまず恥ずかしくないかな」

草太は、気まずそうに小さくかぶりを振った。

「凄いです。スポーツマンの身体って感じ。僕なんか、ガリガリで情けない」

「こういうのは、ほっそりっていうの。俺の想像してたとおりの、綺麗なボディラインだよ。ガリガリなんかじゃない」

「……想像、してたんですか?」

「してた。男だもん、そりゃするでしょう!」

やけにきっぱりと言い切って、梅枝はみぞおちあたりに触れていた草太の手を取り、まるでレディにするように、手の甲に軽くキスをした。

「う……」

「俺にキスされても、俺に触られても、俺を触っても、気持ち悪くない?」

草太は、唇をギュッと引き結び、首を横に振る。

「じゃあ……ドキドキする?」

草太の細い顎が、今度はこっくりと上下した。梅枝は甘やかに微笑し、草太の人差し指の先端を軽くくわえたままで囁いた。

「そっか。そりゃよかった。……だったら、続き……しようか」

最後の一言は問いかけではなく、もはや確認である。指先を噛まれ、舌先で舐《な》められ、それが酷く淫靡《いんび》な行為の模倣であるとかろうじて気づく程度には知識のある草太は、ゴクリと生唾を飲んだ。

喉は早くもカラカラで、未知の行為に、身体まで細かく震え始めている。それでも彼は、羞恥と緊張で死にそうになりながら、ゆっくりと身を屈めた。梅枝の頭の両脇に手を突き、優しく見つめてくる梅枝の唇に、初めて自分からキスをする。

「……福島君」

感極まった声で名を呼ばれ、愛おしげに頬を撫でられて、草太は泣き出しそうな顔で言った。

「しましょう、続き。……だけど僕、こういうの、ホントに初めて……で」

「わかってる。そんなに恥ずかしがらなくても、誰にでも初めてはあるよ。むしろ、こんなに大好きな君とできるのに、俺が初めてじゃなくてすみませんって言わなきゃだな」

ちょっとおどけた口調でそう言うと、梅枝は草太に軽いキスを返した。そして、緩く抱き寄せた草太の耳元に口を近づける。

「ええっ？」

「真面目な話、もし将来的に君が望むなら、俺、君に抱かれる覚悟はあるよ」

「だけど、今夜んところは、一応経験者ってことで、俺に花を持たせてくれる？」

「……はい」

「ありがとう。もう二度としないって言われないように頑張るよ」

火のように熱い、珊瑚《さんご》色《いろ》に染まった草太の耳たぶに唇を寄せ、梅枝は喜びに満ちた声で囁いた……。


足元の小さなライトだけを残して照明を落とした寝室……その暗がりの中、セミダブルのベッドの上で、草太と梅枝は互いに服を脱ぎ捨て、きつく抱き合った。

それから梅枝はたっぷり時間をかけ、草太の身体のあらゆるところに触れ、口づけた。

「さっき触ったときも思ったけど、脇腹、弱いんだね」

ウエストから腰のラインに指を這《は》わされ、四つん這いにさせられた草太は、切なげに身を捩《よじ》った。身の薄い背中が、綺麗なカーブを描いている。

「ふ……っ、くすぐっ、たい」

「だけ？　そうでもないと思うんだけどな、だってここは、素直に応えてくれてるし」

「ひゃっ」

　いつの間にかゆるく頭をもたげていたものを手のひらに包み込まれ、草太は我慢できず、高い声を上げてしまった。慌てて片手で口を塞ぐと、梅枝は可笑しそうにその手を引き剝がす。

「大丈夫、ここ、壁厚いから。多少の声じゃ隣に聞こえないよ」

「だって……恥ずかしい、から」

「大丈夫。俺しか聞いてない。ホントはもっとバッチリ君の身体を見たいのに、恥ずかしいって言うから、暗くしてるだろ？　せめて、耳で楽しませて？」

「楽しませる……とか、あ、あっ」

　やわやわと扱かれただけで、草太の肘から、ガクリと力が抜けた。それまで自分の手しか知らなかった草太には、他人に与えられる刺激が、快感を通り過ぎて、むしろ衝撃だったのである。

「大丈夫、ゆっくりするよ」

　シーツに突っ伏した草太の腰を引き上げ、うっすら汗ばんだ背中にキスしながら、梅枝は囁いた。そして、片手で草太の芯に軽い刺激を与えつつ、後ろにそっと指先で触れた。

それだけで、草太の背中がビクリと震える。知識として、男同士はそこを使うと知ってはいるのだろう。異議を唱えはしなかったが、彼の心の葛藤をそのまま代弁するように、そこは固く窄まり、梅枝の指を拒む。

「……力、抜いて。ゆっくり息して。君を傷つけないようにするから」

震える背中に覆い被さって、梅枝は宥めるようにそう言った。オイルを絡めた滑らかな指先で、怯《おび》えるそこを根気よくなぞる。

「ん……っく」

シーツに頬を押しつけ、ついに挿《さ》し入れられた指に、草太は鼻に掛かった声を漏らした。これは望んでしていることだ、怖くないと何度自分に言い聞かせても、やはり初めて他人に身体の奥底を探られる恐怖と、粘膜を擦られる違和感は、想像を遥かに上回っていた。思わず身体に力を入れると、梅枝の長い指をリアルに感じてしまってたまらない。

「ふ、ん、んんっ、ぅ」

緩やかに抜き差しを繰り返しながら、梅枝は徐々に指を増やしていく。その合間に、薄い胸や弱い脇腹、そして先走りの露を零し始めた芯を愛撫《あいぶ》することも忘れない。

「や……へ、んな、かんじ……」

徐々に、奥底を抉《えぐ》られる違和感の中からむず痒いような不思議な感覚が生まれ、それが前に与えられる直接的な刺激と相まって、草太を翻弄《ほんろう》する。自慰では決して得られない複雑すぎる快楽に、草太はただ混乱するばかりだった。

だが、やがて梅枝は、後ろから指をひき抜いた。楽になったはずなのに、奇妙な喪失感に襲われ、草太は切なげな吐息を漏らす。

「……たまんないな、君のその顔」

欲望に掠れた呟きと共に、さっきまで指を含まされていた場所に、熱いものがあてがわれる。

（あ……これが、梅枝さん、の）

恐れと同時に、自分は触れもしていないのに、梅枝のそこが昂ぶり、自分を欲していることに、草太は確かな喜びと愛おしさを感じる。

「……いい？」

気遣うように問われ、草太はこっくりと頷いた。片腕で草太のウエストを抱き支えつつ、梅枝は、自身の張り詰めた切っ先を、ジワジワと草太の体内に沈めていく。

「ぐっ……ん、つうっ、う」

「息、止めないで。ゆっくりでいいから、息を吐いて」

きつく締め付けられ、少なからず苦痛を感じているのだろう。草太のうなじに口づけながら囁く梅枝の声も苦しげだった。

（こんな……ときでも、僕ばっかり労《いたわ》って……）

草太は必死で呼吸をし、身体から力を抜こうとする。それを助けるように、梅枝の指が、萎えかけた草太のものを優しく愛撫した。

「あっ、は、ぁ、ああ……」

前に与えられる刺激に草太の腰は無意識に揺れ、緩んだそこは梅枝を少しずつ飲み込んでいく。

やがて梅枝は、背後から草太を片腕で抱き締め、湿ったうなじに何度もキスをした。

「全部入ったよ。……ああ、これが、君の……中なんだね」

「ん……んぁ」

梅枝が、ゆっくりと抜き差しを始める。きつい内腔を硬く熱いもので擦られるたび、鈍い痛みは徐々に痺《しび》れに変わっていき、これまで知らなかった深く激しい快感が、身体の深い場所からジワジワと湧き上がってくる。

「あっ、は、はぁ、あ、あ、ぁ」

草太の腰を支える梅枝の腕にグッと力がこもり、突き上げは徐々に強く、忙しくなってくる。もはや何を考えることもできず、草太はただ素直に快感を追い、単調な声を漏らす。

「んあっ……！」

ひときわ強く突かれ、前を激しく擦られて、草太はなすすべもなく追い詰められ、絶頂の証《あかし》を吐き出した。

「ぐッ……う、やば……っ」

達したショックで収縮する粘膜は、梅枝を強く締め付け、絞り上げる。その予想外の動きに煽《あお》られ、狼狽《ろうばい》の声を上げた梅枝の腰が、びくんと大きく揺れた。

「あっ……」

草太の身体の深い場所で、梅枝が脈打つのがわかる。達したばかりの敏感な身体は、梅枝の味わっている快感までも分かち合っているようだった。

「……はっ……あ、勿体ないな……いっちまった」

梅枝の荒々しい息を首筋に感じ、微かな汗の臭いが鼻腔《びこう》をくすぐる。のし掛かってくる梅枝の身体の熱さを背中じゅうで感じながら、草太はグズグズとシーツに倒れ込んだ……。

「ん？　どうした？　やっぱ身体、きつかった？」

裸のまま布団に潜り込み、梅枝の腕枕に頭を預けた草太は、微妙に浮かない顔をしている。それに気づき、梅枝は心配そうにそう問いかけた。草太は、もさもさとかぶりを振る。

「大丈夫です。梅枝さん、凄く気を遣って、してくれたから。ただ僕……もう一つだけ、気になってることがあるんです」

「俺、まだ何かまずいことした？　この際だから、はっきり言ってよ」

梅枝に促され、草太は躊躇いながら口を開いた。

「梅枝さん、学生時代のこと、僕にはあれこれ訊いたくせに、自分については何も話してくれなかったでしょう？　どうしてだろうと思って」

するとと梅枝は、急に視線を彷徨わせ始めた。

「あー……それね……あーあー。うー。もしかして、そのことも君を不安にさせてた？」

唸りながら、やっと自分の顔を見た梅枝に、草太は戸惑いつつも頷く。

「はい。もしかして、何かつらいことがあって言いたくないのかな、とか考えちゃって」

「いやいや、きつくはあるけど、つらくはない。ってか、全部自業自得なんだよ、俺の過去を話しにくいのは。君に正直に話したらドン引きされるだろうと思って、訊かれても答えられなくてさ。……知りたい？」

草太がこっくり頷くと、梅枝は眉をハの字にした情けない笑顔で、二人しかいないのにヒソヒソ声で言った。

「じゃあ思いきって言っちゃうか。俺ね。高校時代にちょっとやんちゃしてたんだ。その、高速で走るほうの」

意外すぎる告白に、草太は兎《うさぎ》のように目を丸くする。

「高速で走るほうのって……まさか、暴走族!?　あの、すっごい恥ずかしい漢字を羅列した、長ランとか着ちゃう感じの……？」

「そうそう、まさに典型的なアレ。真っ白の特攻服なんて着てました。髪の毛金髪に染めて、サイヤ人みたいにぶっ立てて」

「……ぷっ。そ、想像できな……」

クスクス笑う草太を、梅枝は恨めしげに軽く睨んだ。

「おいおい、笑ってくれるなよ。当時は本気だったんだぜ？　それまでずっといい子ちゃんでいた反動っていうか、そんな馬鹿馬鹿しい理由で始めちゃったんだ」

「殻を破りたい、みたいなことですか？」

「そうそう。でも最初の頃こそ新鮮で楽しかったけど、すぐに飽《あ》きたよ。暴走とケンカと煙草と酒と、趣味の悪いバイクのデコレーション……結局は、ルーティンワークなんだよね」

草太のフワフワした髪を指先で弄びながら、梅枝は当時を思い出したのか、ちょっと顔をしかめてそう言った。草太は、そんな梅枝の独特な言い回しにまた笑い出す。

「ぷっ……暴走族の活動をルーティンワークって表現する人、初めて見ました」

「ホントなんだって。金のかかる、あと生傷の絶えない部活みたいなもんだったよ？　でも、そう悟った頃には、メンバーが百人近くいる暴走族の副総長なんかにされちゃっててさ。足抜けしようもんならリンチで殺される、そんな泥沼になっちまってた」

「そこからいったい、どうやって抜け出したんです？」

草太に問われて、梅枝は空いた左手で、そっと布団をめくり上げた。

「あ……」

　草太は、思わず息を呑んだ。梅枝の右脇腹には、一目でわかる大きな傷痕があったのである。

「梅枝さん、その傷……」

「うん。高二の冬、バイクで暴走してて、パトカーに追っかけられてね。馬鹿げたスピードで逃げてるときに、急カーブを曲がり損ねて、ガードレールに激突……よくある話だよ。肝挫傷に骨盤骨折、右脛骨複雑骨折……まあ、気がついたら包帯グルグル巻きにされて、ベッドの上だった」

「うわあ……。よく生きてましたね」

　そのときのことを思い出したのか、梅枝は軽く眉根を寄せ、低く呟いた。

「医者にもそう言われた。両親に泣かれて、それでようやく目が覚めたんだ。そのときの大量逮捕で、幸い、族のほうは自然消滅してね。三ヶ月後に退院して、俺は金髪に染めてた髪を黒く染め直して、高校に戻った。でも、脚はまだリハビリが必要だったし、半年以上、ろくすっぽ学校なんて行ってなかったから、勉強は死ぬ程遅れてるし、クラスじゃあ浮きまくってるし。ありゃ、きつかったなあ……」

「それで、どうやって研究者の道に？」

　すると、梅枝の頬に懐かしそうな笑みが浮かんだ。

「どうしよう、やっぱ無理かな、退学届を出そうかなって挫けかけてたときに、担任に職員室に呼ばれてさ。そん時の担任が、変わったオッサンで。お前、学校辞めようとか思ってんだろ。それはやめとけ、勿体ない、勿体ないぞうって言ったんだよ」

「ホントは頭いいのに勿体ない、ですか？」

「いや、そう言われたら反発してただろうな。けど先生は、『お前だったら、特攻服より白衣のほうが断然似合うのに。白衣はもてるぞぉ。医者は無理かもしれんが、薬剤師なら、今からでもお前なら絶対なれる！　なれたら絶対もてる！』って言ったんだ」

草太は驚いて、思わず梅枝の腕枕から頭を浮かせた。

「……ちょ……まさか梅枝さん、もてるって言われただけで、薬学部を受験しようって？」

「ほら、その目！　だからホントのこと言うの嫌だったんだよ。今、俺のこと、すっごい馬鹿だと思っただろ」

「……さすがに、ちょっぴり」

「あああ。やっぱり幻滅された……」

「ま、待ってくださいよ。幻滅まではしてません。ちょっと呆れただけです」

「それでも、マイナス評価じゃないか」

「違いますって。僕、梅枝さんのそういうとこ、いいと思います。何だか柔軟っていうか」

「お。実はプラス評価？」

「です。……ただ、気になるのは……」

「気になるのは？」

草太は、小さな声でボソボソと問いかけた。

「薬剤師になって、カリノに入って、毎日白衣着て……ホントにもてました？」

「あー……うん、まあ、実際、かなりもてた。入社以前に、大学でもかなり……」

「……へえ」

草太はみるみる膨れっ面になった。クルリと梅枝に背を向け、起き上がってベッドから降りようとする草太を、梅枝は慌てて制止する。

「お、おい、勘弁してくれよ。過去のことだって！　可愛いヤキモチは嬉しいけど……」

「ヤキモチ!?」

クルリと振り向き、嚙みつかんばかりの勢いで声を尖らせる草太を、梅枝は顔じゅうが崩壊しそうなくらい嬉しそうに笑い、背後から抱き締めた。小さな肩に顎を載せ、優しいカーブを描く頰にキスをする。

「ヤキモチだよ。しかも、とびきり可愛い奴。遡《さかのぼ》って、過去の俺まで独り占めしたいと思ってくれてるんだろ？　嬉しいよ」

「うっ……ううう」

悔しそうに唸りながらも、草太は梅枝に抱き締められる幸せを全身で感じていた。だからこそ、手探りで梅枝の頬に触れる。

「ヤキモチで喜ばないでください！　これからは……僕だけだって。ヤキモチなんか焼かせないって、約束してくれないと嫌です」

そんな可愛い我が儘に、梅枝の頬はとろけそうに緩んだ。

「勿論。これからは君だけの俺だよ、可愛い子猫ちゃん」

「あっ、また！　……んぷっ、ん、んんっ……」

またそんな呼び方を、と言おうとした草太の唇は、不意に梅枝の唇に塞がれてしまう。何度も繰り返される甘やかなキスに、抗議の言葉は、呆気なく飲み込まれていった……。


そしてついに、サプリメントの試作品を忠岡統括部長に提出する日が来た。

宣伝部と営業部の三人が知恵を絞ってアイデアを出し、デザイナーに綺麗に仕上げてもらったパッケージには、「毎日、これ一袋！」というカリノ製薬伝統の「ベタ」な商品名が、野暮ったい、けれど不思議に目を引く字体で印刷されている。

若年層、熟年層、高齢者層向け、さらに男女別と六種類からなるラインナップなので、それぞれのパッケージには、該当する年代の人物イラストがいかにも昭和っぽいテイストで描かれ、「全成分、国産食品由来！」と、売り文句が添えられた。加島と梅枝の尽力で、原料をすべて国産で揃えられたので、セールスポイントがさらに強力になったのである。

裏面には、それぞれの成分の原料となった食品名と産地が明記され、食品アレルギーに対する注意も喚起されている。

そしてパッケージを開けると、そこには草太が心を込めて打ったタブレットの数々が、一日分ずつ、透明の小袋にきちんと小分けにされて詰まっているのだ。

忠岡のもとには、プロジェクトリーダーである茨木だけが行き、他のメンバーは全員、会議室に集まって、固唾を呑んで結果を待っていた。

やがて会議室に戻ってきた茨木は、深刻な顔をしていた。皆、何か問題があったのか、それともまさか、忠岡に試作品が全否定されたのかと、心配そうな顔で立ち上がり、茨木のもとへ集う。

「忠岡統括部長に、試作品を見ていただいてきました」

静かにそう言い、メンバー全員の顔をぐるりと見回した茨木は、そこでいきなり、ニコリとした。

「!?」

驚く一同に、茨木は晴れやかな声で告げた。

「まだまだ検討すべきポイントはあるものの、総じて大満足、というお言葉をいただきましたよ。皆さん、本当にありがとう。プロジェクトの仕事はまだまだ続きますが、まずは確かな第一歩を踏み出すことができました！」

おおおお、と六人のメンバーの口からは、どよめきに似た喜びの声が上がる。茨木は、忠岡の言葉を要約して皆に伝えた。

「営業部のお二人と、三島さんが練りに練ってくださったパッケージデザインは、ちょっと外連味《けれんみ》のあるレトロなデザインが逆に新しいと、高評価でした。対照的に、裏面の原材料について詳しく情報を記載したところはいかにも現代的だと感心しておられました」

「やったな、ええ手応えやんか」

喜色満面の安治川に、部下の八尾と、宣伝部の三島は手を打ち合って歓声を上げる。

「僕らには、原料を食品由来で完全統一したこと、そしてすべてを国産でまかなったことに、お褒めの言葉を頂きました。食の安全を、サプリにも適用したのはいい着眼点だと。そして、福島君。君が工夫を凝らし、野菜由来の色素で綺麗に着色してくれたカラフルなタブレットも、大いに気に入って頂けたようです」

「ホントですかっ？　よかった。……梅枝さんが、アイデアをくれたから」

草太は、傍らの梅枝の顔を見上げ、幼い顔を輝かせた。

「いやいや、福島君も、原料を食品由来にするっていうでっかいアイデアをくれたろ？」

梅枝も満面の笑みでそう言い、草太の柔らかな髪をクシャリと撫でる。茨木も、珍しく喜びを露わに弾んだ声を上げげた。

「というわけで、今日はこれから、大きな山を越えたお祝いということで、みんなで祝杯を挙げましょう。梅枝のように洒落た店は知らないから、駅前の焼き鳥屋に予約を入れてあります」

「やったあ！　もしかして、茨木さんの奢りっすか？」

調子のいい八尾の言葉に、茨木は苦笑いで言い返す。

「いいえ、僕ではなく、忠岡統括部長からのご褒美ですよ。では、皆さん帰り支度をして、エントランスに集合してください」

はーい、といい返事をして、皆、いそいそと自分の部署へと引き揚げていく。

茨木も、会議室を出て行きかけて、ふと振り向き、草太と梅枝を見た。

「君たちも、大きな山を越えたようで。……何よりです」

いつもの静かな笑顔でさらりとそう言い、今度こそ扉の向こうに消える。二人きりで会議室に取り残され、草太はほんのりと頬を赤らめて梅枝を見た。

「ああいうとき、何て言うべきなんでしょうね。お礼言うのも、変な気がするし」

困惑気味の草太に対し、梅枝は涼しい顔で言い放つ。

「何も言わなくていいよ。プロジェクトメンバーの幸せは、リーダーの幸せなんだから。俺たちが、あいつをハッピーにしてやってんの」

「そんな……」

「それより、俺、ふと考えたんだけど……」

「はい?」

小首を傾げる草太に、梅枝は悪戯っぽい笑顔で耳打ちした。

「せっかく、俺たちが恋人同士になるきっかけを作ってくれたサプリなんだからさ。これから改良を行うとき、記念のタブレットなんて仕込んでみないか?」

思いもよらない提案に、草太は眼鏡の奥の目を丸くする。

「記念のタブレットって?」

「だからさあ。成分はどれでもいいから、可愛いピンク色に染めて、ハート型に……」

「そ、そんな金型ありませんよ! まったくもう。それに会社では、ただの同僚って言ったでしょう? まだ当分同じプロジェクトにいるんだから、けじめが大事ですよっ」

草太から実にもっともな小言を食らい、梅枝はシュンと項垂れる。

「うう……そうでした。ゴメン」

しかし草太は、ゴソゴソと白衣のポケットを探ると、透明フィルムの小袋を取り出し、梅枝の手に乗せた。梅枝は、訝しげにそれを見下ろす。袋の中には、深紅のソフトカプセルが一錠入っているだけだ。

「これは?」

「それに僕、もう作っちゃいました。記念のタブレット」

早口にそう言うと、草太はスタスタと会議室を出て行ってしまう。梅枝は、首を捻りながら、小袋を鼻先にぶら下げた。

「もう作っちゃった？　ん？」

ソフトカプセルをしげしげと眺めていた梅枝の目が瞬《またた》き、その顔面がみるみる笑み崩れていく。

試作の段階では何も刻印されていないはずのソフトカプセルの表面には、レーザーで、クッキリと白い文字が……しかも、「I LOVE YOU.」というシンプルこの上ない愛の言葉が刻まれていたのである。

草太は、梅枝のおかげで作ることができたソフトカプセルに、感謝を込めて精いっぱいの想いを綴ったのだ。

「くそ、やられた。……最高だよ、俺の子猫ちゃんは」

梅枝はフィルム越しにソフトカプセルに口づけると、それを大事そうに白衣の胸ポケットにしまい込んだ。そして、きっと真っ赤な顔で廊下を歩いているであろう恋人の後を、全速力で追いかけたのだった……。

あとがき

はじめまして、またはこんにちは、椹野《ふしの》道流《みちる》です。

ようやく、「きみのハートに効くサプリ」の続編をお届けすることができました！　前作は、カレー屋×研究者という実にニッチな組み合わせのカップルでしたが、今回は久し振りのオフィスラブ……？　いや、部署が違うからそうは言わないのかな？　とにかく同じ屋根の下での、死ぬ程初々しい恋のお話です。書いていて、何度か恥ずかしすぎて捩れました。

「きみのハートに……」では実に面倒見のいい、こなれたお兄さんだった梅枝《うめがえ》さんですが、純朴な子猫ちゃん相手に、真っ向勝負を余儀なくされております。何とも照れ臭い話ですが、楽しんで頂けたら幸いです。

しかも本作は、私の作家生活十五周年を記念して、プラチナ文庫さんとシャレード文庫さんがコラボしてくださったため、この「きみのハートに刻印を」と、シャレード文庫「楢崎先生んちと京橋君ち」の間で、キャラクターが数名ずつ、互いに出張しています。

特に、「楢崎先生んちと京橋君ち」には、「お医者さんにガーベラ」からも、若き日のあのキャラクターが登場です。

勿論、そちらのシリーズは未読だわという方でも、まったく問題なくお楽しみ頂けるようにしておりますすし、両方のシリーズを知ってくださっていれば、さらにプラスαのお楽しみがある……という仕組みになっています。

さりげなく通りすがるキャラクターもいれば、レギュラー的ポジションで居座るキャラクターもいて、作者としては難しくもあり、楽しくもあるチャレンジでした。これを機に、未読のシリーズも読んで頂けましたら、それに勝る喜びはありません。

それにしても、ひょんなことから小説のお仕事を頂けるようになって、もう十五年とは。光陰矢のごとしとはよく言われることですが、あれは本当なんだなあ……と我がことながらつくづく驚いています。

浮き沈みの激しい、そして流行の移り変わりが早いこの世界で十五年もやってこられたのは、素晴らしい担当編集の方々に恵まれ、イラストレーターやデザイナーの先生方に多大なお力を貸して頂き、直接お目に掛かってお礼を申し上げることすらできない、たくさんの方々のご尽力、ご助力を頂き、……そして何よりも、ずっと応援してくださる読者さんのおかげです。

最近はお返事もままならないのですが、お手紙を頂いたり、ツイッターでメッセージを頂いたり、イベントでお声がけを頂いたりすると、本当に嬉しく、幸せです。特にツイッターでは、リアルタイムで感想や色々な情報を寄せていただき、とても楽しいです。私自身はあまり大したことを呟かないのですが、もしよろしければ、http://twitter.com/MichiruF(@MichiruF)をフォローして頂けましたら、最新の刊行情報などお届け致します。

この十五年の間に、世の中にも、私にも、色々なことがありました。

とてもドメスティックなことに限っていえば、猫が来て、土地を買って、家を建てて、犬が来て、イモリが来た……というあたりが大きな出来事でしょうか。

猫は親が拾ってきたものを引き受けたのですが、すぐになくてはならない相棒となり、新しい家にも、実家から毎日のように一緒に「通勤」してくれています。

三年前に家を建てたことで、人生初の莫大な借金も背負いましたし、一軒の家を維持するというのがどれほど大変なことかも知りました。山の中の家なので、庭を雑木林のまま維持しようと思っているのですが、草が生い茂り、端っこまで行くのが一苦労です。ナチュラルこそ手が掛かるという点において、庭造りも化粧も同じだな……と思う今日この頃。

いちばん新しい同居人であるイモリは、実家の裏口で干涸らびていたのを保護しました。意外と飼いやすく、ツイッターではしょっちゅうその姿を見て頂いています。ただ、二十年ほど生きるということを知り、ちょっと呆然としていたりもします。どうやら長い付き合いになりそうな……。そのうち、どこかの作品に登場するかもしれませんね。

では、お世話になった方々にお礼を。

イラストを担当してくださっている草間《くさま》さかえさん。今回のコラボは、両作品のイラストレーターが草間さんだったおかげで成立したようなものです。子猫ちゃんに可愛い姿を与えてくださって、ありがとうございました……！

また、担当Nさん、デザイナーさんはじめ、本作りでお世話になった方々、書店員さんにも感謝を。

そして、この本を手に取ってくださった皆様にも、心から、お礼を申し上げます。

今後とも、一生懸命仕事をすることでしかご恩返しができませんので、励んでいきたいと思っております。

プラチナ文庫のサイト（www.printemps.jp）で、「医者と花屋」の四人が代わる代わる綴る「働くおにいさんブログ」など覗きつつ、次の作品をお待ちいただけましたら幸いです。できるだけ近いうちに、またお目にかかります。それまでどうぞ皆様、お元気で。

椹野道流　九拝

きみのハートに刻《こく》印《いん》を

プラチナ文庫をお買いあげいただき、ありがとうございます。
この作品を読んでのご意見・ご感想をお待ちしております。

★ファンレターの宛先★

〒102-0072　東京都千代田区飯田橋3-3-1
プランタン出版　プラチナ文庫編集部気付
樋野道流先生係 / 草間さかえ先生係

各作品のご感想をWEBサイトにて募集しております。
プランタン出版WEBサイト http://www.printemps.jp

著者——**樋野道流**(ふしの みちる)
挿絵——**草間さかえ**(くさま さかえ)
発行——**プランタン出版**
発売——**フランス書院**
〒102-0072　東京都千代田区飯田橋3-3-1
電話(営業)03-5226-5744
　　(編集)03-5226-5742
印刷——誠宏印刷
製本——小泉製本

ISBN978-4-8296-2535-4 C0193